ULTRAMAN SUIT
ANOTHER UNIVERSE
Episode:ZERO
ストーリー 長谷川圭一
設定協力 谷崎あきら
原作 『ULTRAMAN』
清水栄一×下口智裕
／円谷プロ

北斗星司
ACE SUIT

進次郎が通う高校の後輩であり、ACE SUITを装着する少年。過去の事件により身体の大部分を損傷し、異星人「ヤプール」により手術を施された改造人間。科特隊に協力する。

諸星弾
ULTRAMAN SUIT Ver.7

科特隊に所属する青年。SEVEN SUITを装着し、冷徹に任務をこなす仕事人。科特隊においては進次郎の先輩にあたり、進次郎に戦いの厳しさを叩き込んだ。

早田進次郎
ULTRAMAN SUIT

かつてウルトラマンと同化したハヤタ・シン(早田進)の息子であり、「ウルトラマンの因子」を受け継ぐ少年。ベムラーの襲来を受けてULTRAMAN SUITを装着し、その後科特隊に入隊する。

薩摩次郎

グランドームにて建設作業員として勤務する青年。過去のある出来事をきっかけに、ウルトラマン—とりわけSEVEN SUITに憧れを抱く。

とあるきっかけでZERO SUITの装着者となる。

エド

ゼットン星人の末裔。指揮官 兼 星団評議会の連絡役として、井手とともに科特隊の指揮を執り、進次郎たちをサポートする。

井手光弘

早田とは旧知の仲の科特隊隊員。表向きは「光の巨人記念館」局長を務めつつ、裏では科学技術研究所の所長として活動。ULTRAMAN SUITの開発を主導した天才エンジニア。

早田進

進次郎の父で、かつてウルトラマンと同化していた男。長い間その記憶を失っていたが、ベムラーの映像を見て自分がウルトラマンだったことを思い出し、再び科特隊の協力者となる。

ZERO SUIT

井手により開発されたULTRAMAN SUIT Ver.7のプロトタイプ、すなわち"Ver.0"。申し分ない性能を備えていたが諸星には適合せず、失敗作として保管庫に移送されていた。

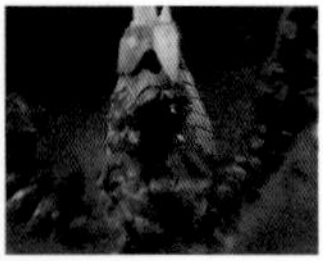

ムキシバラ星人

マヤ

謎の多い女性。諸星はこの人物を知っているようだが…。

アンナ

薩摩次郎の幼馴染。能天気な次郎の言動に手を焼きつつも、常に彼を気に掛けている。

DARKLOPS ZERO SUIT

ULTRAMAN SUIT ANOTHER UNIVERSE
Episode:ZERO

CHARACTERS

〔登場人物紹介〕

ULTRAMAN《ウルトラマン》

〔 ULTRAMANとは? 〕

光の巨人、ウルトラマンが地球を去ってから時が経った世界。異星人の侵略や怪獣災害はもはや過去の出来事となり、地球では平穏な日々が続いていた。

ウルトラマンと同化した過去を持つ早田進の息子、進次郎には生まれつき超人的な力があった。それは進次郎がウルトラマンの因子を受け継いだ証。「始まりの敵」ベムラーの襲撃を受け、今までの平和がまやかしだったと知った進次郎は、運命に誘われるようにULTRAMANとしての戦いに身を投じる。

これは、新時代のウルトラマンの物語。

Keyword 01
科学特捜隊

かつて怪獣や異星人の攻撃から地球を守っていた組織。通称科特隊。ウルトラマンが地球を去った後、基地はウルトラマンや科特隊の功績をたたえる「光の巨人記念館」となり、世間的には解体されたことになっていた。しかしその実、未だ尽きぬ異星人の脅威に秘密裏に対処しながらも活動を続けていたことが明かされる。

進次郎らが装着するパワードスーツの総称。科学特捜隊が開発したULTRAMAN SUIT[A-TYPE]やVer.7、ヤプールが開発したACE SUITなど、さまざまな出自のものが存在する。特に科特隊のSUITは実戦を経て幾度か改良が加えられており、ULTRAMAN[B-TYPE]やVer.7.3などに都度アップデートされている。

Keyword 02
ULTRAMAN SUIT

Keyword 03
ガタノゾーア事件

前作『ULTRAMAN SUIT ANOTHER UNIVERSE Episode:TIGA』にて起こった事件。EVIL TIGAやカミーラらの手によって邪神「ガタノゾーア」が上海に出現し、世界滅亡の危機となった。科特隊とTIGA SUIT=ダイゴ、その仲間のユザレの決死の行動によりEVIL TIGAやガタノゾーアは敗れ去り、事件は終息した。

しかしガタノゾーア出現の際に開かれた「異界の扉」に起因する時空の歪みは消滅しておらず、対応策として**《グランドーム》**が設置されることとなったのである。

Keyword 04
ULTRAMAN SUIT ANOTHER UNIVERSE

ULTRAMAN SUIT ANOTHER UNIVERSE

『ULTRAMAN』世界のもうひとつの宇宙-アナザーユニバース。原作には登場しないULTRAMANが活躍する、あり得たかもしれない物語だ。

PHOTO GALLERY

〔フォトギャラリー〕

月刊ホビージャパンでの連載で掲載したカットを一部掲載します。

第一話 虚無の筐体 より　（月刊ホビージャパン2020年8月号掲載）

第二話 勇者との約束 より　（月刊ホビージャパン2020年9月号掲載）

使用キット：Figure-rise Standardシリーズ　作例製作：只野☆慶

第四話 零下240度の戦い より　（月刊ホビージャパン2020年11月号掲載）

第五話 若き戦士の覚悟 より　（月刊ホビージャパン2020年12月号掲載）

第六話 赤い夕陽の別れ より　（月刊ホビージャパン2021年1月号掲載）

第八話 鋼鉄の異次元迷宮 より　（月刊ホビージャパン2021年3月号掲載）

第九話 裏切りの果てに より　(月刊ホビージャパン2021年4月号掲載)

第十話 最後の約束 より　(月刊ホビージャパン2021年5月号掲載)

MODELING GALLERY

製作:只野☆慶 〔作例ギャラリー〕

ULTRAMAN SUIT DARKLOPS ZERO

ULTRAMAN SUIT ZERO

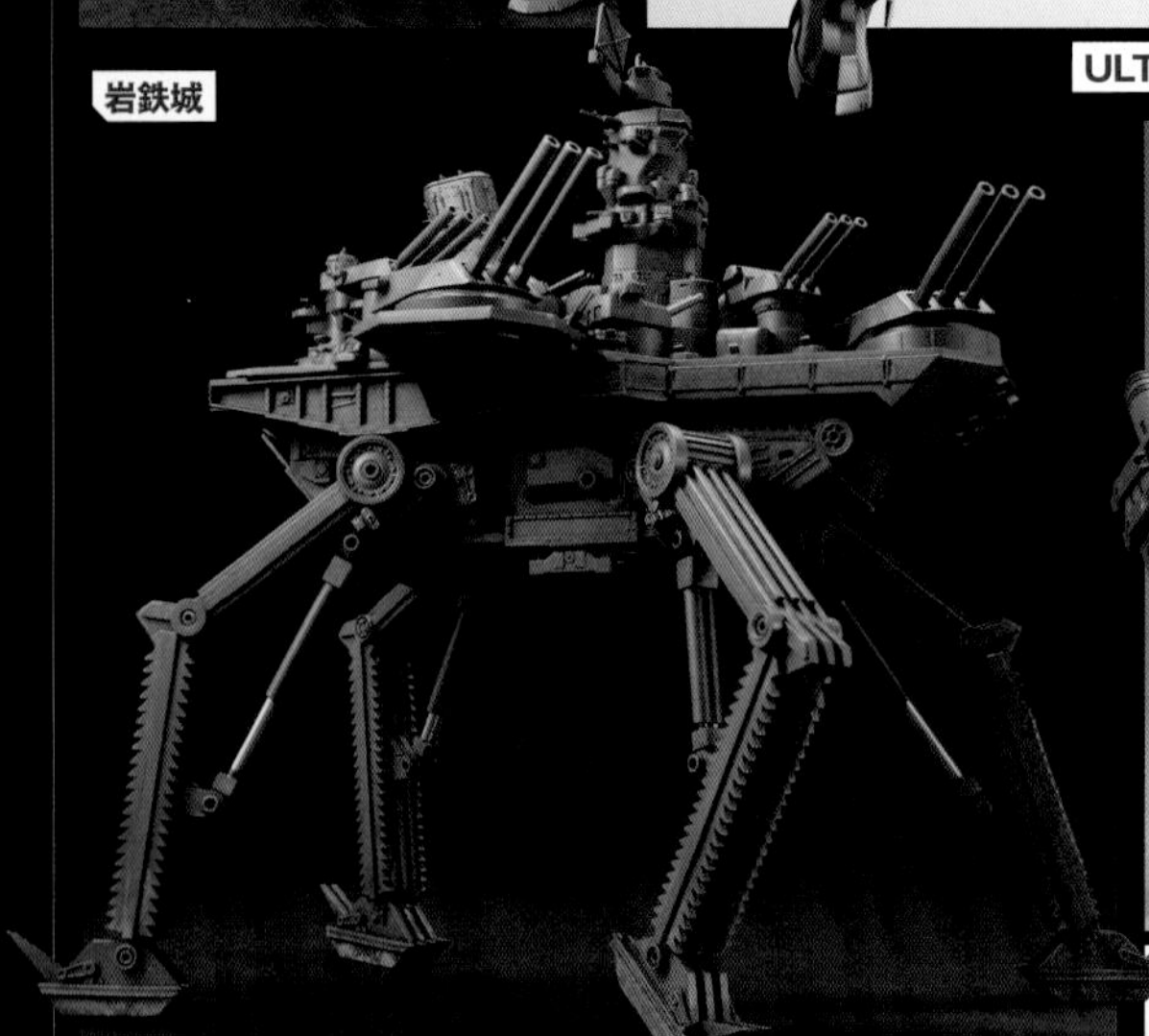

岩鉄城

ULTRAMAN SUIT ZERO《SC仕様》

ULTRAMAN SUIT ANOTHER UNIVERSE Episode:ZERO

CONTENTS

第一話　虚無《ゼロ》の筐体

本来、決して動くはずのないモノだった。

だがその鋼鉄の甲冑は暗い闇の中で動き出した。まるで命を吹き込まれたかのように。

〝それ〟はゆっくり立ち上がると、まだおぼつかぬ体でバランスを保ち、重い足を一歩前へと踏み出す。また一歩、また一歩。数年間ずっと放置されていた部屋の鉄の扉を開くと、蛍光色の光に満たされた廊下へと歩み出た。

立ち止まり暫く周囲を見回すと、不意に柔らかい女性の声が〝それ〟に話しかける。

『現在位置は地下エリア第５層Ｂ２ブロック。目的地へのナビゲーションを開始します』

微かに頷くと、〝それ〟はスーツに内蔵されたシステム音声に従い、またゆっくり歩きだした。

同じ頃――上海・外灘《バンド》跡地。

およそ一箇月前、EVIL TIGAが復活させた邪神ガタノゾーアによって都市は完全に消滅し、今は巨大な入り江と化していた。

政府機関と科特隊により厳重に管理されたその場所には、何かが急ピッチで建造されていた。

最大水深一五〇メートル、直径二〇キロの上海湾中央の海上には一キロ四方の建設用プラットホームが築かれ、千人近い作業員が働き、複数のタワークレーンによって低層用の足場が次々と組み上げられていく。そしてその中央部には直径五〇メートル程の半球状のドームがあった。液体窒素を循環させるパイプが何十本も接続され、表面には常に薄氷が張り、周囲は白い靄に覆われている。

それは《グランドーム》と呼ばれ作業員たちには爆心地《グランドゼロ》の残存エネルギーを観測する装置と説明されていた。近くには二千万人にも及ぶ犠牲者たちの慰霊碑も設置され、彼らへの大量の献花が供えられている。

だが実際はまるで違う理由でグランドームは設置されていた。異界の扉が開いたことにより生じた時空の歪み。それは黒いピラミッドが消失した今もその場所に残っており、科特隊は何層もの電磁的なシールドによりそれを封印したのだ。

だがそれはあくまで応急処置であり、その場しのぎに過ぎない。

『どうだね、諸星クン。そちらの様子は?』

「グランドームに特に問題はありません」

建設現場を見下ろし佇む諸星が、本部の井手からの通信に応える。

「作業は順調に進んでいます」

『そうか。しかし油断はできない状況だ。引き続き、よろしく頼む』

「了解」

諸星が井手との通信を終えた時、

「あの……科特隊の方、ですよね」

背後から誰かに声を掛けられ、振り向くと、IDカードを首から提げた作業着の青年が目を輝かせて諸星を見つめていた。

「……そうかもな」

「じゃあ、あの赤いスーツのウルトラマン、セブンさんとも顔見知りとか?」

以前は異星人の存在も諸星たち科特隊の活動もトップシークレットであったが、進次郎がULTRAMANとなってから異星人事件は急速に世間で認知され、秘匿を続けることは難しくなりつつある。とはいえ、現在も科特隊が存続し、U

LTRAMANもその一員であると公的機関が認めたことは一度もない。今なお都市伝説の域を出ないのだ。

この青年も、目の前の男・諸星弾がよもやSEVENその人だとは思いもよるまい。

「悪いがその質問には答えられない」

「てことは、やっぱりお知り合いなんですね！」

……面倒くさい奴だ、と諸星はわずかに顔をしかめる。

「セブン、かっこいいです！　憧れです！　俺のヒーローです！」

まるで少年のような笑顔で熱くまくしたてる青年に思わず諸星が圧倒されると、

「おい、次郎！　いつまで熱い思い語ってんだよ！」

やはり作業服の若い女性が、青年の頭をゲンコツでポカリと叩いた。

「迷惑そうな顔してるじゃん。ほら、行こう」

「ちょっと待てアンナ。あと五分……いや、せめて一〇分——」

「さあ仕事仕事！　失礼しました」

アンナと呼ばれた女性は諸星に一礼すると、未練がましくジタバタする青年を引きずるように連れていく。

「セブンは俺の——っ！　目標ですから——っ！」

「黙れ、バカ！」

またもアンナに頭をポカリと殴られる青年を、諸星が見送る。

「……誰だ、あいつは？」

するとインカムのカメラを通して青年のＩＤを確認したオペレーターが答える。

『氏名、薩摩次郎。二二歳。タワークレーンの操縦士です』

更にオペレーターは、クレーン操作の腕は超一流で、常に一番高いクレーンを担当したがる変わり者という情報を諸星に伝えた。


「今日はめっちゃラッキーだ。まさか科特隊の人に会えるなんて」

建設現場中央部の一番高いクレーンの操縦席。次郎が未だ興奮冷めやらぬ様子でレバーを操作すると、

『わかったわかった』

地上。プラットホームで働くアンナの呆れた声が無線から聞こえる。

「いや、アンナ。お前には解るまい。俺のこの猛烈な感動が」

『確かに解らん。次郎。どうしてそんなにウルトラマンが好きなんだよ？』

「それは……」

次郎がアンナに応えようとした時、レバーを握る手が微かな違和感を覚える。

「……ん？」

急いで計器類をチェックする次郎。だが異常は見当たらない。地上のアンナにも確かめたが何も異常はなかった。

「気のせいか……」

アンナとの通話を打ち切り作業に集中する次郎。その巨大クレーンの真下にはグランドームがあり、表面に張った氷に、ぴきっ。亀裂が走った。

「ピラミッド……ですか？」

科特隊指令室を臨む執務室のスクリーンに表示されたCG、四角錘型の巨大建造物を見て、進次郎は井手に尋ねた。

「海上部分の全高は約八〇〇メートル。あの漆黒のピラミッドが出現した場所にそれを凌ぐ鋼鉄のピラミッドを築き、上海復興のシンボルとするわけだ。ゆくゆくは世界最大の海上都市が建設されることになるだろう」

「悪趣味だと思いますけどね」

北斗が無遠慮な感想を述べる。

「……というのは、あくまでも表向きの話でね」

ここからが本題だ。

「異界からの侵略の脅威はまだ去っていないと、我々は考えている」

井手の傍らに立ったエドが告げる。

映像をピラミッドの中心、グランドームに切り替えて、井手が続けた。

「やがて縮小し消滅すると考えられていた中心部の時空歪曲点だが、いまだ一向にその兆候を見せない。それどころか、徐々に拡大を続けてさえいるんだ」

外部から拡大を抑え込もうとするあらゆる試みも失敗に終わった。しかも歪みの向こうから、明らかな有意性を伴う粒子や波動のパターンが複数種観測されている。井手にとっては現役時代から見慣れたもの――侵略の前兆と考えられた。

「我々はこの鋼鉄のピラミッドを異界からの侵略の第一防衛線と定め、また可及的速やかに時空歪曲点の閉塞・正常化を実現する方策を探るための拠点建設に責任を持つことで各方面の同意を得た」

「要するに、新しい前線基地を上海に作りますって話ですか」

回りくどい井手の言葉を、北斗が意訳した。

「方策の一環として、ウルトラマンスーツ装着者による異界への積極的な突入《ダイブ》も視野に入っている。君たちに集まってもらったのはそのためだ」

「俺たちが、異界へ……」

「ゆえに我々はこの基地を、《ダイブハンガー》と名付けた」

ピュー。北斗が口笛で相槌を打つ。

「できれば彼にも計画に加わって欲しかったんだが……」

ガタノゾーア復活を阻止すべく異界からこの地を訪れ、共に戦った戦士・ダイゴの姿はここにはない。

進次郎は、彼と最後に交わした言葉を思い返した。

――やっと終わりましたね

事件終結後、本部に戻った進次郎がダイゴに声をかけた時、

――いや。闇は……更なる深い闇を呼び寄せる

そう答え、ダイゴは立ち去り、そのまま姿を消してしまった。本部に保管されていたTIGA SUITと共に。井手たちもその足取りを追ったが消息は不明。今もどこにいるのかわからない。

「更なる、深い闇……」

ポツリと進次郎が呟いた時、緊急アラートが鳴り響いた。

「転送制御室で何かが起こっているようだ」

井手の言葉に進次郎は北斗と共に指令室を飛び出した。


転送制御室は、ＵＬＴＲＡＭＡＮ ＳＵＩＴとその装備品の転送を司る重要施設で、正副二基の転送装置と制御システム、独立した予備電源、自律保全機構などを備えており、限られた職員しか立ち入れない。井手たちが到着した時、銃を手にした警固要員三名が閉ざされたままの扉を固めていた。

「機材搬入用のリフトから侵入されたようです」

「警備システムを見直さなくてはならんな」

井手がロックを解除するや、警固要員が態勢を低くして飛び込んだ。

「えっ？」

そこには、見たこともないガンメタリックのＵＬＴＲＡＭＡＮ ＳＵＩＴをまとった何者かがいた。転送装置の制御盤を操作している。

「このスーツは……」

井手には心当たりがあるらしい。

銃口を向けたまま、警固要員の一人が井手の顔を見た。

誰なんです？　とその目が問うている。だが井手は首を横に振った。

「よいしょっと！」

北斗が大胆にもその侵入者に組み付き、素早く背中を取った。

機械仕掛けの手足を持つ彼ならではの早業だ。

「顔を拝ませてもらいますよ！」

マスクのフェイスガードを強引に跳ね上げる。

「⁉」

空洞だった。マスクの、いやSUITの中には誰もいない。

「北斗！」

振り飛ばされた北斗を進次郎が受け止める。

マスクを閉じたSUITが制御盤を再度操作すると、転送装置の一基――装備転送用の一まわり小ぶりな副機――が低いハム音を発し始めた。転送準備に入ったのだ。

SUITが転送機のフレームに手をかける。自身を転送しようというのか。

「やめろ！　転送機がもたない！」

バシッ！

閃光とオゾン臭、さらに不規則なスパーク音が続いた。過負荷で装置が火を噴いたのだろう。火災発生を検出し、スプリンクラーが作動する。たまらず退室した一同が背後を振り返ると、制御室には白煙が充満し、何も見えなくなっていた。

井手は半ば呆然としている。

「なぜ今、バージョン0《ゼロ》が……？」


同時刻――。

ダイブハンガー建設現場に突如、眩いプラズマがほとばしり、科特隊本部から強制転送されたガンメタリックのスーツが出現した。

「このスーツは……！　どうして……ここに……!?」

それを目撃し、諸星が愕然と呟いたと同時、不気味な震動がプラットホームを揺らす。

その異変は、発生と同時に科特隊本部でも検出されていた。

「上海グランドーム内に重力変動を検出！」

執務室に一人残ったエドが、予測していたかのように言う。

「……始まったか」


「なっ、なんだ！」

操縦室。次郎は今まで経験したことのないクレーンの異常を感じていた。緊急事態を告げるサイレンと交じり合うように、不気味な金属音がうなりをあげクレーン全体が大きくたわみ、ギリギリと軋んでいた。操縦レバーは重く全く制御することができない。しかも異様な荷重はクレーンだけでなく次郎の体にも掛かっていた。

「まずい。このままじゃ……」

クレーンがいつまでもつか分からない。次郎は安全ハーネスを纏うと床のハッチを開く。鉄骨で組まれたマスト内に地上へ通じる梯子が伸びている。次郎はハーネスのフックを墜落防止ケーブルのスリーブに接続し、梯子を降り始める。通常時とは違いタワークレーンが左右に揺れ、しかも体には荷重。今にも足を踏み外しそうになりながら次郎は慎重にスピーディにマストの中を下降していく。

『次郎！　大丈夫!?』

インカムからアンナの声が響く。

「ああ、三分もすれば降りられそうだ！　それより何が起きてるんだ⁉」

『わからない！　急に体が重くなって、とにかくあちこち大変なことになってる！』

「そうか」

よくわからないが現状がとてつもなくヤバイ状況だというのは間違いない。次郎は周囲に建ち並ぶタワークレーンへと目を向けると仲間の操縦士たちも次々と地上に向かい梯子を降りていくのが見える。どうかみんな無事でいてくれ。梯子を降りながら心の中で祈るように呟いた時、真下から目に見えない波動のようなものが迫り来て次郎の体を激しく揺らした。嫌な感じだ。次郎は本能的に更に事態が悪化しつつあることを感じた。そしてその予感はすぐに当たった。真下に見えるグランドームに無数の亀裂が走ったかと思うと、バンッ！　木っ端微塵にドームが破裂。白い噴煙が舞い、そして――、

「はあ？　なんだ……ありゃ……！」

破壊されたグランドームの中から複数の黒い影が襲来。建設中のダイブハンガーに光弾による攻撃を開始した。次々に爆炎があがり、今まで以上の震動がプラッ

トホームを、タワークレーンを揺さぶった。

「うあっ！」

危うく落下しそうになる次郎が片腕で梯子を掴んだ時、謎の敵の群れに猛然と挑みかかる赤い影が見えた。

「セブン！　科特隊が来てくれた！」


「本部、ソードをくれ！」

SEVEN SUITを纏った諸星は、愛刀の転送を要請した。

『すまない！　アクシデントでサブの転送機が使えなくなった。すぐに対処する』

おいおい——井手の応答に、声には出さずそうぼやく。

SEVENは腰の兵装ラックに標準装備されているスローイングナイフを取り出し、敵の群れへ投じた。大したダメージは期待できない。だが牽制にはなった。命中した敵の一体がこちらに突進してくる。対してこちらは徒手空拳だ。

ズパン！

間一髪、転送されたスペシウムソードが閃き、敵は両断されて左右に転がった。切断面に覗く敵の内部構造は、諸星が知るどんな機械装置にも似ていなかった。

「こいつら、一体……それにあのスーツ」

諸星はプラットホームを見やり、ガンメタリックのＵＬＴＲＡＭＡＮ ＳＵＩＴを探す。そこへ敵の群れが殺到してきた。縦横にソードを薙ぎ、群れを突破する。

「今はこいつらが先か」

突如、敵の動きが変わった。光弾を連射し、遠距離からＳＥＶＥＮを狙ってくる。それを躱して密着すれば、ドリル状の腕を持つ個体が前面に立ち、近接戦を挑んでくる。そのドリルには、スペシウムソードも通用しない。

その戦いを、井手が「バージョン０」と呼んだＳＵＩＴのカメラが見つめていた。


「諸星さん！」

科特隊本部で状況をモニターする進次郎が声を上げた。

北斗と井手も執務室に戻っている。

「異界獣……とは全然違いますね」

「あの統率された動き……まるでローマの軍団兵だ。レギオノイドといったところか」

暫くSEVENの戦いに見とれていた次郎がアンナの無線で我に返った時、他の仲間たちはほぼ全員プラットホーム上に降り立ち、救命ボートに次々と乗り込んでいた。

通常のクレーンが五〇〜一〇〇メートル。だが次郎のクレーンは最も高い一五〇メートル。今ようやく三分の一を降りた状態だ。異常な重力負荷とレギオノイドの攻撃でクレーンがいつ倒壊してもおかしくない。急がなければ。

再び次郎が梯子を降下しだした直後、ひときわ大きな爆音が響いた。

「マジかよ……！」

攻撃にプラットホームの避難通路が崩落。多くの作業員が取り残され孤立状態となっていた。その周囲には複数のレギオノイド。いくらSEVENでも全ての攻撃を防ぐことは不可能だ。このままでは仲間たちが危ない。

「よし！」

次郎は何かを思い立つと、再び梯子を猛然と上り始めた。

『次郎！　お前、何する気だ⁉』インカムから驚くアンナの声に、

「待ってろ！　必ず俺が助ける！」

操縦室に戻ると次郎はセーフティを外しレバーを操作。ジブを大きく上下左右

に揺らすと、重力変動で既に倒壊しかけていたタワークレーンがゆっくり傾きだした。

「仲間を助けるには、これしかねー。そして……もうひと振りだ!」

更に剣道の竹刀のようにジブを振り下ろすと先端のワイヤーロープが一気に伸び、そのフックが下層部の鉄骨にガッチリ固定された。

「よし、完璧!」

ついに限界を迎え倒れていくタワークレーン。次郎は操縦席から飛び出すとジブの上を全力疾走。ハーネスのフックをジブの先端から真下に伸びるワイヤーに掛け、ダイブ。プラットホームに向け滑走した。

直後、次郎のタワークレーンは耳をつんざく金属音を立てて倒壊、そのマストは避難通路の崩落部分に斜めに立てかかる形となり、通路対岸への鉄橋を形成していた。

当の次郎は、海上に突き出したジブのワイヤーにハーネスでぶら下がっている。

「さ、みんな、早く渡れ!」

アンナの誘導で孤立していた作業員たちが鉄骨の橋を渡っていく。

その一部始終を、バージョン0のカメラもとらえていた。

そして諸星も。

「あいつ、なんて無茶を……」

最後の一体を斬り伏せ、状況を確認しようと気を緩めた瞬間、グランドームの残骸の奥底からさらに十数体のレギオノイドと、そしてそれらとは明らかに異なるシルエットを持つもう一体の敵が現れた。倍近い体躯と両腕から伸びる鞭に、諸星は直感する。

「指揮官様のお出ましか」

「＊＊＊＊＊＊＊、＊＊＊＊＊」

敵が何か言っているが、当然聞き取れはしない。

『待ってくれ、パン・スペース・インタープリターで翻訳できるかもしれない』

本部の井手がそう告げたが、

「＊＊＊は＊＊＊ベス……我はエクスベス星人。貴様の名を聞こう」

敵がこちらの言語を習得する方が早かった。

「……悪いがその質問には答えられない」

「では死ね」

鞭を鳴らすが早いか、レギオノイドが一斉にSEVENに襲い掛かる。

「気の短い指揮官様だ」

ＳＥＶＥＮはレギオノイドを薙ぎ払い、一直線にエクスベス星人を目指す。

ガギン！　だがその分厚い皮膚は、スペシウムソードの刃を通さなかった。


ジブから避難通路にたどりついた次郎がその戦いを見つめ、叫ぶ。

「負けるな、セブン！」するとーー、

「何やってんだよ、次郎！」背後からアンナが次郎に声を掛けた。

「アンナ、お前こそ何を？」

すでに作業員たちは避難を終えて残っているのは次郎とアンナだけだ。

「だって、さっき待ってろって言ったじゃん！」

「え？　いや、あれはーー」

ズドン！

レギオノイドの放った光弾が至近で炸裂し、余波を食らった二人が吹き飛ばされる。

諸星も気付いた。

「バカが、まだあんなところに！」

噴煙が晴れる。

「アンナ！」

次郎が周囲を見回すと、アンナが倒れた鉄骨に足を挟まれていた。

「待ってろ、今助けてやる！」

手近な鉄筋を差し込み、鉄骨を持ち上げようとする次郎。

「無理だよ！　あたしはいい！　次郎は逃げろ！」

「バカ言うな！」

必死の次郎。だが更なる攻撃が着弾し、吹き飛ばされた。

宙を舞い、トラスに叩きつけられる次郎。脳裏に、ある記憶が去来する。

それは亡き父親との思い出。父も建設作業員だった。大きな道路や橋やトンネル、ダムだって作った。父は次郎の誇りだった。そんな父がよく言っていた。

「俺が作っているのは、人を幸せにする夢の城だ」

完成したばかりのトンネルを父と一緒に眺め、まだ小学生だった次郎が言った。

「僕も作る！　すごく大きな夢のお城！」

「そうか。楽しみだな」

嬉しそうに微笑んだ父の顔が白い光の中に滲み、消えた。

「……ごめん、親父……約束、守れなくて」

意識を失う寸前の次郎の目に、上空から迫る人影が見えた。

「……ウルトラマン……？」


避難路を焼く爆炎を後方に感じながら、諸星はエクスベス星人の鞭にあらがっていた。

「あれは貴様の同朋か？　残念だったな」

エクスベス星人の胸部が左右に大きく開いた。奴の捕食器官らしい。ＳＥＶＥＮを頭から噛み砕かんと、大小無数の牙が分泌液を滴らせる。

砲口を向けたレギオノイドが包囲を狭める。

「……くっ」

その時――

ギュルン！　爆炎の中から飛来する二つの刃がレギオノイド群を切り裂いた。

「なんだと……！」

驚くエクスベス星人。

炎の中から現れたのは、鉄骨に立つガンメタリックのＵＬＴＲＡＭＡＮ ＳＵＩ

Ｔ。

先刻まで事の成り行きをただじっと観察していたバージョン０だった。
戻り来た二つの刃をキャッチし、頭部に装着する。
その直後、ＳＵＩＴの構造色が変化した。
鈍い砲金色から、輝く銀色と鮮烈な赤、そして颯爽たる青に。
「……色が！　一体、何が起きているんだ……!?」
愕然と見つめるＳＥＶＥＮ。
その視線の先でバージョン０は顔を上げ、鉄骨を蹴って跳躍した！

「うああっ！」背中に激しい痛みを感じ、薩摩次郎はその場に崩れ落ちる。

鉄骨に足を挟まれ動けない仲間を助けようとし、爆風に吹き飛ばされたのだ。

――起き上がらなけりゃ。アンナを……助けるんだ……。

だが次郎の意思に反し、体は動いてくれない。辛うじて首だけを動かすと、噴煙の向こう、瓦礫に埋もれるように倒れているアンナが見えた。その目は閉じられ、ピクリとも動かない。――生きているのだろうか？　間に合わなかったのか？

……いや……諦めたら駄目だ。絶対……助けるんだ。まだ次郎が子供だった頃、落盤事故が起きたトンネルから仲間を救い出し、ミラクルマンと呼ばれた親父のように。

「うおおおおおおお！」

渾身の力で何とか立ち上がろうとした時、またも近くに敵の光弾が炸裂！　炎と黒煙が視界を遮り、胸に宿る希望を、最後の気力を無情にも奪い去った。

「……ごめん、親父……約束、守れなくて」

薄れゆく意識の中、己の死を覚悟し、次郎が静かに呟いた。――その時だった。

――あれは……！

黒煙を切り裂き、頭上からこちらへと飛来する何かが見えた。炎を照り返すガンメタリックの鋼鉄のボディ。間違いない。その姿はずっと次郎が憧れていた――

「……ウルトラマン……！」

と、次の瞬間、その鋼鉄のスーツは眩い光を放ったかと思うと、次郎の体を包み込んだ。――何が起きたのか？　これは夢？　死ぬ間際の幻覚なのか？

わけも分からず戸惑う次郎の耳に、機械的な女性の声が語りかける。

『装着完了。システムをパーソナライズします』

「……え？　なに？　どういうこと？　うわっ！」

突如、次郎の体が物凄い勢いで動いた。いや、動かされた。そして――ギュルン！

その両腕から放たれた二つの光の刃が高速回転しながら飛び去り、上空にいるレギオノイド数体を切り裂き、爆散させた。

「……！」

愕然とする次郎の耳に、また機械的な女性の声が聞こえる。

『危険要因を排除するためゼロスラッガーを使用しました』

「……お、お前がやったのか？　お前は誰だ？　俺はどうなった⁉」

ようやく自分の起きていることが夢でも幻でもないと実感し、今度は次郎が声の主に聞いた。すると――、

『私はスーツのチュートリアルシステム、あなたはスーツによって守られています』

「……スーツ……？　……そうか！」

ようやく次郎は状況を理解する。自分が今、さっき垣間見た鋼鉄のＳＵＩＴを装着していることを。そして――

『戦闘ガイダンスを開始しますか？』

自分が〝ＵＬＴＲＡＭＡＮ〟になったということを。

「お前に……いや、俺たちに何ができるのか見せてくれ！」

『了解、デモンストレーターカラーに移行します』

音声がそう答えた瞬間、次郎は更にＳＵＩＴに強い力がみなぎるのを感じた。その力に次郎はずっと憧れていた。大切な仲間たちを守る力、そしてこの星の平和を乱すモノたちと戦う力だ。

「あれは……！」

エクスベス星人の鞭に囚われたSEVEN――諸星が凝視するのは、炎の中、鉄骨に立つガンメタリックのULTRAMAN SUIT。それは――先刻まで事の成り行きをただじっと観察していたバージョン0だった。

戻り来た二つの刃をキャッチし、頭部に装着。直後、SUITの構造色が変化した。

鈍い砲金色から、輝く銀色と鮮烈な赤、そして颯爽たる青に。

「……色が！　一体、何が起きているんだ……⁉」

愕然と見つめるSEVEN。

その視線の先でバージョン0は顔を上げ、鉄骨を蹴って跳躍した！

ゼロスラッガーの切断を免れ、体勢を立て直そうとしていたレギオノイドの一体めがけて着地した0は、それを踏み台にしてさらに跳躍、SEVENを拘束するエクスベス星人の背面に取りついた。そのまま肩越しにエクスベス星人の胸元から伸びる牙を掴み、力任せに引き上げる。

「ぐがっ！」

二本の牙が根もとからへし折れた。エクスベス星人はたまらず鞭をほどき、振り向きざまに大量の分泌液を吹きかけた。０が目ざとく跳び下がり、先刻踏み台にしたレギオノイドを楯にする。じゅうと音を立ててレギオノイドの外装が溶け落ちた。

「おのれえええ！」

怒声を上げ、エクスベス星人は左右の鞭を０へと振り伸ばす。音速を超えるその先端を、０は難なくキャッチし、逆にエクスベス星人の巨体を振り回し始めた。

「ワイヤーの扱いには慣れてるんでね！」

ハンマー投げさながらにエクスベス星人をスイングし、残ったレギオノイドを一掃した次郎は、ここぞとばかりに鞭を手放す。放物線を描いて落下するその先には、ソードを手にしたＳＥＶＥＮが待ち構えていた。

ザン！　狙いたがわず、刃は肘に開いた甲殻の間隙を捕え、胴体を離れた２本の腕が宙を舞った。両腕を失いグランドームの天蓋に叩きつけられたエクスベス星人は、声にならない呻きと共にまたも胸部から分泌液をまき散らした。ドームの天蓋が溶け、白い金属蒸気が視界とセンサーをホワイトアウトさせる。

白煙が晴れたとき、そこにエクスベス星人の姿はなかった。

そしてバージョン0の姿も。


「大丈夫か！　アンナ！」

未だ噴煙が漂う中、次郎はZERO SUITの力で鉄骨をどかし、アンナを救出。その胸に耳を押し当てると、鉄の仮面ごしにも、はっきり心臓の鼓動が聞こえた。

「……生きてる……よかった」

安堵し、次郎が微笑んだ時、

「おい」

背後から声を掛けられ振り向くと、SEVENが立ち、じっと見つめていた。

「あの……」

立ち上がり、次郎がSEVENへと近づこうとすると、

『ただちに、この場から撤収します』

「撤収って、ちょっと――」

有無を言わせず、次郎の意思とは無関係にZERO SUITが大きく跳躍。S

ＥＶＥＮの前から跳び去った。

「逃がすか」

すかさず追跡しようとするが、ＳＵＩＴがアラートを告げた。脚部にエクスベス星人の分泌液を浴びていたようだ。

「あいつ……どうやってあのスーツを……」

諸星が漏らした低い呟きに、気付く者はいない。


かつて上海随一の観光エリアと呼ばれた街──外灘《バンド》は今や完全に消滅し、吹き飛ばされた幾つもの高層ビルの残骸が上海湾外縁の海面に突き刺さっていた。ゼロスーツを身にまとったままその一つに着地し、次郎が呟く。

「……俺……感動した」

と、微かな間をあけ、チュートリアル音声が言う。

『感動。外的な刺激により精神が高揚した状態のことですね』

「そうだよ！　すげー心が揺さぶられたんだよ！　だって俺、ウルトラマンになって、あのセブンと一緒に戦ったんだぜ！　だから……」

次郎はぐっと唇をかみしめ、言った。

「ちゃんと挨拶したかったのに！　握手もしたかったのに！」

『それは、許可できません』

「なんで？　なんでダメなの？　おかしいでしょ。人として失礼でしょ」

『許可できません。あなたがこのスーツの装着者であるということは、誰にも話してはいけません』

「……正体を、隠せってこと？」

『そうです』

「いや、でも――」

納得できず次郎が反論しようとした時、

『約束だ』

不意に音声が女性の電子音と違う男の声となり、語り掛けた。

――今のは……

思わず絶句する次郎。その声は数年前に亡くなった父親そっくりだったのだ。

――どうして親父の声が？　幻聴か？　それとも……

『もし約束を破れば、二度とあなたがこのスーツを装着することはありません』

音声は元の女性の声で事務的に告げた。

「……わかった」

仕方なくそう答えると、直後、ＳＵＩＴは光の粒子となって次郎の体から離れ、上空へと飛び去っていく。

「おい！　どこ行くんだよ⁉」

だが光は何も答えず、空の彼方へと消えた。それを茫然と次郎が見送り、

「てか、飛び去るなら、シュワッチ！　……だろ」


ＴＰＣのロゴが描かれたダヴライナーが到着したのは、その日の夕刻だった。

白昼堂々ジェットビートルで乗り付けられるはずはないにせよ、ＶＩＰ機で御出張とは優雅なものだ、と諸星は呆れる。しかも降りてきた進次郎と北斗は、制服にスポーツバッグ一つという軽装ときている。

「ここから学校に通うつもりじゃないだろうな」

「知らないんですか？　上海消滅で世界中が自粛ムード。学校もリモート授業なんです」

「北斗は元々ろくに授業出てなかっただろ」

二人は当面、ここに留まって諸星と共に敵の再襲来に備えることになっている。

『揃ったようだね』

職員用区画の食堂で、モニターごしに井手とのブリーフィングが始まった。

グランドームが封印するガタノゾーアの残滓——時空歪曲点から出現したレギオノイドとエクスベス星人についての分析は、まだ端緒についたばかりで諸星が承知している以上の情報はないに等しかった。問題はあのバージョン0だ。

「あれは何なんです？　俺や父さんのスーツとも違う」

『……以前科特隊で試作した、諸星クン用のプロトタイプだったんだが——』

「失敗作だ」

進次郎の問いに答える井手の言葉を、諸星が引き取った。

「ポテンシャルは認めるが、余計な機能を盛り込みすぎだ。インターフェイスは無駄が多いしガイダンスも煩わしい。パワーアシストはストロークが極端な上にフィードバックレシオが雑で全力を出せない。とても実戦に使えた代物じゃない」

「要するに、お気に召さなかったんですね」

例によって北斗が意訳する。

『……まあそんなわけで、問題点を修正するよりも新しく作った方が早いとなったんだ。今の諸星クンのスーツは、それにバージョンアップを重ねたものでね』

「試作品はどうなったんです？」

『しばらくは改良を続けていたんだけど、程なく開発資料と一緒に保管庫に移送されたはずだ。僕も忘れかけていたよ、バージョン・ゼロスーツのことは』

「ゼロスーツ……」

『それがなぜ突然起動したのか、なぜ自らを上海に転送したのか、それになぜ無人のままあれだけの自律戦闘を行なうことができたのか……』

「無人じゃない」

諸星が否定した。北斗が抗う。

「いや、絶対空っぽでしたよ。僕、この目で見ましたから」

「お前が見たときは無人だったかもしれん。だが少なくともここで戦ったときには、明らかに人間の判断力と身体能力を伴っていた」

『そう考える根拠は？』

「直感だ」

井手を含む全員が、しばし絶句した。理性的な諸星がそんな言葉を発するとは。

進次郎が当然の疑問を口にする。

「……それじゃあ誰が、ゼロスーツを？」

諸星がおもむろに告げた。

「ひとり、心当たりがある」


時空歪曲点の中～別の時空。

闇に蠢く巨大な影。その前に平伏する、腕なしのエクスベス星人。

「答えよ。我が命じた目的を果たさず、なぜ撤退した？」

「申し訳ございません。少々敵の戦力を侮っていました。ですが次こそ……うぎゃあああ！」

影が電撃を放ち、エクスベス星人が吹き飛ばされ、悶絶。すると、

「次はわたくしが参りましょう」

鮮やかな青とオレンジの体色に彩られたムキシバラ星人が現れ、巨大な影に跪いた。

「必ずや満足いく成果を上げてごらんにいれます」

「よ。どう、傷の具合は？」

事件の翌日。次郎はプラットホームの居住区画内に設置された臨時救護施設にアンナを見舞った。上海周辺の医療施設は、惨劇の影響で常時満床、医療従事者の絶対数も不足している。とても外部に収容を求められる状況ではないのだ。

「大丈夫。この通りピンピンしてるよ」

ベッドの上に座るアンナが両腕と両足をぶんぶん回し、「うっ」と顔をしかめる。

「無理すんなって。鉄骨に挟まれて動けなかったんだ。足、折れてんじゃねーの？」

心配げにアンナの足を触ろうとする次郎をゴン！　と蹴飛ばし、

「どさくさ紛れて触んな。てゆーか、何で生きてるんだろう、あたしら」

じっとアンナに見つめられ、「それは……」と思わず言葉に詰まる次郎。まさか自分がＵＬＴＲＡＭＡＮになって助けたといっても信じないだろうし、そもそもそれを話すことは禁じられている。

「どう考えても助かるはずない状況だったろ。なのに……」

「俺も気い失ってて覚えてないけど、科特隊が助けてくれたみたいだぜ」

「……科特隊って、あの人の、こと？」

アンナが次郎の方を指さして言った。

「いや。俺じゃなくて、ほら、昨日会っただろ。冷たくて少しキザな感じの」

「次郎」

「なんだよ」

何度も自分の方を指さすアンナを怪訝に次郎が見つめた時、

「おい」

背後から声。それが誰かすぐ思い当たり、恐る恐る次郎が振り向く。

「薩摩次郎。お前に話がある」

諸星の冷たい目がじっと次郎を見つめていた。


プラットホームの保守管理棟、建設作業員は立ち入れない区画の扉をＩＤで開き、諸星は戸惑う次郎に中へ入るよう顎で促した。

「え、入っていいんスか?」

押し込まれるように扉をくぐった次郎の背後で、厳重なロックのかかる音がした。

乗り込んだエレベーターは、海面下数十メートルを下降し、扉を開いた。薄暗い室内の正面に大型ディスプレイが並び、四名ほどのオペレーターがコンソールに向かっている。

「グランドームの制御室だ。今は仮設の前線指令室も兼ねている」

「前線、指令室……」

驚くことばかりの次郎。

「この人ですか」

出迎えた進次郎と北斗に、次郎はさらに驚かされる。

「なんで子供が⁉」

『薩摩次郎クンだね』

モニターに大映しになった井手を見て、次郎はもう何を見ても驚くまいと肚を括った。

『一方的で申し訳ないけど、これから君に話すことは一切口外無用に願いたい』

そう前置きして、井手は語り始めた。ダイブハンガーが担う本当の目的。異世界からの侵略に備える為の前線基地であること。そして予測通り侵略者が現れ、警戒態勢のフェーズが次の段階に上がったことを。

「科特隊……やっぱり本当にあったんだ」

『この現場のクライアントとして、ＮＧＯ団体《ＴＰＣ》を名乗ってはいるけどね』

「でもなんで俺なんかに、そんなことを？」

ふむ、と一呼吸おいて、井手は続けた。

『薩摩次郎君。君にもダイブハンガーを守って貰いたい。我々、科特隊の一員として』

「……はい？」

『聞いての通り、敵の侵攻は我々の予測よりもはるかに早い。もとより警備体制の強化も計画のうちだが、正規の構成を整えるにはまだ時を要する。それまでの間、非正規《Unofficial》の警備チーム《U警備隊》に加わって、グランドーム防衛の任にあたってほしいんだ』

「俺、ただのクレーン操縦士ですけど⁉」

『そこの諸星クンが指導する。君を私に推薦したのも彼でね』

「諸星さんが……」

次郎は思わず傍らの諸星を見る。

「……強要はしないが、話を聞いた以上、生涯監視が付くことを覚悟――」

「ありがとうございます！」

興奮して諸星の手を取る次郎の拳に、二つの掌が加わった。

「よろしくお願いします！」「一緒に頑張りましょう！」

進次郎と北斗だった。

「……え、まさか君らも？」

諸星が次郎に何かを差し出した。

「これを渡しておく」

諸星が常に片耳に装着しているものと同型のインカムだ。

「おー、お揃いだ！」

さっそく装着した次郎の耳に、諸星の声が響く。

『二人目のウルトラマンを見たか？』

諸星は目の前にいる。インカムの動作確認のつもりだろうか。

『あの場に現れたもう一人のウルトラマンを、お前は見たか？』

「……いえ。見てません」

緊張気味に答える次郎。

「……そうか」

諸星は次郎を見つめ、インカムから指を離した。

「やっぱ……諸星さんには言った方がいいよな」

倒壊したクレーンの上に一人座る次郎が、脳裏にZERO SUITを装着して戦った時のことを思い出し、呟く。

「……でも、秘密だって約束したしな。ああ、もーどうしたらいいんだよ」

「なにぶつぶつ言ってんだよ？」

「！」

振り向くと、すぐ近くに松葉杖をついたアンナがいた。

「アンナ⁉　いつからそこに⁉」

「なにビビッてんだよ。TPCの人に何か言われたのか？」

「……ああ、えっと……」

諸星が本当に科特隊の一員であったことも、自分がU警備隊に選ばれたことも、明かすわけにはいかない。

「わざとクレーンを倒したのを、ちょっと、注意されただけだよ」

「嘘だ。耳たぶが赤いぞ」

「え⁉」

「やっぱりな。次郎は昔から嘘つくとそうやって耳たぶが赤くなるんだよ。なんか隠してるだろ」

「……」

言葉に詰まる次郎。そんな二人の姿を少し離れた物陰から、進次郎が見つめていた。


「薩摩次郎。奴がバージョン・ゼロスーツの装着者だ」

次郎の行動を監視し、その証拠を掴むと諸星が言った。その為にあえてU警備隊に推薦したのだと。

「その任務、俺がやります」

「なぜだ?」

キッと睨む諸星を見て、進次郎が言う。

「諸星さんは隠れていても威圧感というか、殺意というか、あふれ出ちゃうんで」

「確かに」

北斗も笑顔で同意。しぶしぶ諸星は進次郎に監視を任せたのだ。

「次郎。水くせーぞ。白状しろ」

背中をポンと叩かれ、次郎は逡巡。アンナは幼馴染で、心から信頼できる仲間だ。やはり全て話そうか。U警備隊に入ったことも……ZERO SUITを装着したことも。

「実は……」

次郎が打ち明けようと決心した時、再び緊急事態を告げるサイレンが鳴り響いた。

クレーンの鉄骨が軋む。重力変動だ。

『薩摩、仕事だ』

インカムから諸星の声が、仮設指令室への帰還を促した。

「アンナ。お前は安全な場所に」

「は？　次郎はどうすんだよ」

戸惑うアンナを残し、次郎はグランドームに向かって走った。

進次郎も離れてその後を追う。

眼前に出現したのは、昨日のそれとは全く異なる物体だった。直径一〇メートル、高さ六～七メートル程の丸い発光体。外周部は金属光沢を呈し、人工物であることが見て取れる。時空歪曲点がむき出しとなったままのグランドームから飛び出した発光体は、甲高い音を立てて急上昇、それを無数の光弾が追い越した。歪曲点からわらわらと出現するレギオノイドが放ったものだ。

――追われている？

直感的に、次郎はそう思った。インカムに呼びかける。

「諸星さん、あれは一体……!?」

だがインカムからはノイズしか返ってこない。

故障？ それともあの飛行物体が電磁波か何かを発しているのか。

ボン！ 遂に光弾が命中し、発光体が墜落する。次郎のいる場所からは、グランドームを挟んでプラットホームの反対側だ。とどめを刺さんと、レギオノイドが殺到する。

突如、発光体の直上にエメラルドグリーンの稲妻が落ちた。

次郎が目を凝らすと、そこに二人のＵＬＴＲＡＭＡＮが立っていた。ＳＥＶＥＮとＡＣＥだ。それぞれ押し寄せるレギオノイドの群れに躍り込み、迎撃を開始する。

その光景を見つめる次郎。

——俺も戦いたい。この大切な場所を守るために。でも……

ＺＥＲＯ ＳＵＩＴは未だ次郎のもとには現れない。どうすればいいのか？ どうすればまたあのＳＵＩＴを装着できるのだろうか？

「おい……教えてくれよ」

響く轟音の中、思わず天空を仰ぎ見る次郎がなにかを叫ぼうとした時、

「次郎！」

松葉杖で必死にアンナが追いかけてきた。

「何やってんだよ！　逃げろって言っただろ！」

「次郎こそ、ここで何やってんだよ!?」

「そ、それは……」

「ここはやばいって！　早く逃げなきゃ！」

「……お、おう」

仕方なく次郎はアンナと一緒に逃げた。

「…………」

それを見送り、進次郎は右腕を掲げる。

転送されたＵＬＴＲＡＭＡＮスーツを装着し、諸星、北斗に合流した。

スラッシュが飛び交い、ソードが閃く。三人のＵＬＴＲＡＭＡＮの前に、レギオノイドは敵ではなかった。


「現れませんでしたねえ、新米君」

ＳＵＩＴ姿のまま、北斗が言う。

「諸星さんの見込み違いってことは――」

「有り得ない。監視を続けろ」

進次郎の疑念をぴしゃりと否定し、諸星が命じた。

「……当面は、こいつだ」

不時着した発光体を見上げる。

「宇宙船……ですよね。おっと」

金属製の外周をまさぐっていた北斗の前に、乗降ハッチが口を開けた。

諸星が先に立って進入する。狭く短い通路の先に、操縦席と思われる空間があった。

「何です？　僕にも見せてくださいよ」

北斗が顔を突っ込んだ。

シートに何者かが横たわっている。女性に見えた。

自身のＳＵＩＴのマスクを開いた諸星が、茫然と呟く。

「……マヤ」

第三話　それぞれの秘密

諸星が妙な違和感に襲われたのは不時着した発光体——小型宇宙船の操縦席に足を踏み入れた直後だった。

「うっ……」シートにもたれる操縦者が視界に入った刹那、諸星を眩暈が襲う。今まで感じたことのない不快な感覚。まるで頭の中を何かに触れられたような——

「諸星さん」背後からの北斗の声がハウリングを起こし、微かなビジョンが交錯し——。

「何です？　僕にも見せてくださいよ」

北斗が強引に操縦席に頭を突っ込んできた時、ようやく眩暈と違和感が消えた。

諸星はＳＵＩＴのマスクを開き、動かぬ操縦者の顔を確認して息を飲む。

——まさか……。

シートに横たわるのは若く美しい女性だった。

「……マヤ」

諸星が思わず呟く。

「え？　今、なんて？」

すぐ背後、北斗の怪訝な声がする。

「いや……何でもない」

動揺を隠し、諸星は操縦者の女性が生きていることを確認すると、救護班を呼ぶように北斗に命じ、操縦席を後にした。


「なあ、次郎。さっきのアレ、何だったんだろう」

プラットホームの外れ、茫然と佇む薩摩次郎にアンナが呟く。

「……」

だが次郎は答えない。レギオノイドの襲撃現場からアンナに無理やり手を引かれ避難してから、ずっと次郎はある疑問を頭の中で反芻していた。――どうして、あのＳＵＩＴは現れなかったのか？　どうしたら、もう一度あのＳＵＩＴを着ることが出来るのか？

「おい、次郎。聞いてんのかよ！」

苛立つアンナに足を蹴られ、ようやく次郎が返事する。

「な、何が？」

「だから、さっきの光ってたヤツだよ。あれ、宇宙船かな？　なんか例のロボット軍団に追いかけられてたみたいだったけど」

「……そうだな」

だが次郎はやはり心ここにあらず、ＺＥＲＯ ＳＵＩＴが光の粒子となって飛び去った空をぼんやり見上げる。

「なんか、いるのか？」

「え？」

「だって、ここんとこ何かっていうと空見上げてんじゃん」

一緒になって空を見上げるアンナに、

「べ、別に……なにもいないよ。ただ、空は大きくて気持ちがいいなーって」

「嘘だ。耳たぶが赤いぞ」

「う、嘘じゃないよ」

「何を隠してる。正直に言え！」

「だ、だから何も……うわ。よせ、やめろって！」

アンナにプロレス技を掛けられ悶絶する次郎。そんな二人の姿を、

「いいよな。あーゆうの」

少し離れた物陰から、進次郎が微笑ましく見つめていた。


『ゼロスーツの所在がわかった』

翌朝、仮設前線指令室での定例リモートブリーフィングの席で、モニター上の井手が唐突に告げた。驚いた次郎が息をのむ間もなく、北斗が当然の疑問を口にする。

「マジですか？　一体どこに？」

『宇宙だよ。《V3》の中だ』

V3とは、赤道上空約三万六千キロの対地同期軌道に科特隊が投入した三基の転送中継衛星のひとつである。ULTRAMAN SUITやその装備は、科特隊本部の転送装置から量子分解されて中継衛星に送られ、装着者が身に着けるポインターを基点に再構成される。SUIT装着時に頭上から降り注ぐビームがそれだ。ZERO SUITは、V3のストレイジ内に量子状態のまま滞留しているのだという。

「じゃあ、すぐに取りに行けばいいんじゃないですか？」

『……簡単に言わないでくれるかな』

　進次郎の迂闊な発言に、井手はげんなりと眉間を押さえる。

「量子状態だと言っただろう。回収するにはストレイジごとV3を持ち帰るしかない。代わりの衛星も用意しなければならん。各方面への根回しも含めて、まあ二年はかかるな」

　諸星が刺々しく事情を説明した。

『正直言って今それに割けるリソースはないよ。ただでさえ――』

　井手が何か言いかけたが、諸星は次の議題へと話を移した。

「例の不時着宇宙船についてわかったことは？」

『あまりないな。組成スペクトルからマゼラニウムが検出されたくらいか』

　状況に照らして敵に追われてきた公算が高いが、操縦席と思われる内部空間で発見された異星の女性は今も臨時救護施設で意識不明、事情聴取のできる状態ではない。彼女の宇宙船に至っては、擱座したままブルーシートが被せてあるだけという有様だ。

　問題は山積だった。まずは確保した宇宙船の保全および調査分析を進めるため、機材と人員を至急手配すること。同時にグランドームを再構築し、時空歪曲点を閉鎖する手段を模索すること。この二点が最優先課題とされた。

『後者については、この際かねてから開発中だった旋回式位相界面強襲穿孔システムMR-1の実証試験をやってしまおうと考えている』

「MR-1……《マグマライザー》を使うのか？」

『〝向こう側〟がどうなっているかわからないことには、手の打ちようがないからね』

新参の次郎には、井手と諸星の会話の半分も理解できない。とはいえこの件に限っては、神妙な様子で顔を見合わせている進次郎と北斗も次郎と大同小異だった。


「薩摩次郎。U警備隊としての任務を伝える」

ブリーフィング終了後、諸星に呼び出された次郎は、本部から機材・人員が到着するまでの間、宇宙船の警備を命じられた。

「了解です！」

棒でも呑み込まされたように直立不動姿勢をとる次郎だったが、

「あのう、それっていつごろ届く予定で……？」

と、諸星の顔をおずおずと覗き込んだ。

「なぜ、そんなことを聞く」

「い、いや、ちょっと気になって。すいません！」

諸星の冷たい目に睨まれ、慌てて部屋を出ていく次郎。

「あいつは間違いなく隠し事をしている」

次郎を見送ったあと、諸星は進次郎に視線を向け、

「くれぐれも奴から目を離すな」

そう言い残し、自分も出口へと向かう。

「諸星さんは、どこへ？」

「……」

進次郎の問いには答えず、諸星は無言で部屋を出ていく。

「モロに出ちゃってましたね。威圧感というか、殺意」

その場に漂う緊張感を消し去るように北斗が軽口をたたく。

「でも、なんか諸星さん……いつもと少し様子が違うような」

進次郎は諸星の微妙な変化に気づいていた。昨日、不時着した宇宙船を調べて
以来、いつもに増して表情が険しく、時たま何か考えごとをするように遠くを見

つめる。どこか心ここにあらずという諸星の様子は今まで見た記憶がない。

「そういえば……」

ふと何かを思い出したかのように北斗が言う。

「宇宙船の操縦席で、諸星さん、なんか呟いたんすよ」

「呟いた?」

「よく聞こえなかったけど、確か……マヤとか」

「……マヤ」

女性の名前だろうか? もしかして諸星さんは宇宙船に乗ってきた女性を知っている?

進次郎が思ったことを口に出すと、

「いや、さすがにそれは無いっしょ。相手は別時空から来た異星人ですよ」

すかさず北斗に否定され、

「だよな」

同意はしたものの、進次郎の中の疑念は消え去らなかった。

居住区通路。臨時救護施設に諸星は向かっていた。
──なぜ僕は、ここに来たのか。
廊下を進みながら何度も自問自答を繰り返す。
──確かめるためだ。だが、今さら、何を……
諸星の足が、ある病室の扉の前で止まる。その脳裏に、
「なんで、いつもそんな目をするの?」
──そうだ。あの日の別れ際、彼女は僕に言ったのだ。とても悲しげな表情で。
憐れみを込めたような声で。
「ねえ、私のこと、見えてる?」
はっと我に返る諸星。じっと目の前の扉を見つめ、
──確かに……あの時、僕が見ていたものは……
暫く逡巡したのち、踵を返すと諸星は病室の前から立ち去った。

その時、病室のベッドには、諸星にマヤと呼ばれた女性が意識不明のまま眠り続けていた。──いや、すでに彼女の意識は覚醒していた。そして別時空からの指令をずっと受け取っていたのだ。ムキシバラ星人の声を。

『さあ。行動を起こせ。お前のその能力で、奴の秘密を探り出すのだ』

マヤの本質は電子生命体だった。肉体は物理空間に干渉するためのデバイスにすぎない。昏睡状態にあるのは、単に接続を切っているだけだ。ムキシバラ星人の指令を受け、その瞼が微かに動いた。彼女の身体には、バイタルを計測するための電極が多数貼り付けられ、無線LANで医療システム繋がれている。マヤの〝目〟は、そこからシステムに侵入し、さらに主幹ネットワークへと分け入った。ファイアウォールもセキュリティゲートも、彼女にとっては薄紙同然、何の痕跡も残さず通過し、より太い幹へと向かう。

それこそがムキシバラ星人が彼女を送り込んだ目的。侵略すべき相手の情報を手に入れる。それがいつもの戦いの手順だった。

『探せ。探せ。探せ』

マヤの〝目〟はとうに上海を離れ、日本へ渡っていた。もっとも、電子の海では地理的な距離や位置関係は意味を持たない。やがて彼女は、厚く硬い防壁を幾重にも張り巡らせた巨大な構造体にたどり着く。それこそが目指す幹の根、科特隊本部の最重要施設、プライマリ・データセンターだった。

作業区域ゲート前。

やってくる次郎。IDパスでゲートを開けようとした時、

「おい、次郎」

またも背後からアンナに呼び止められた。

「どこ行くんだよ?」「どこって、仕事だよ」「嘘だ」「……嘘じゃないよ」

確かに嘘ではない。次郎は諸星にU警備隊としての仕事を命じられたのだ。でも建設作業は当分中止だ。なんとアンナに説明すべきか。次郎が考え込んでいると、

「もういいよ。次郎のバカ野郎」

静かに呟き、走り去るアンナ。本気で怒っていた。やばい。状況としては最悪だ。

「あー。もうどーすりゃいいんだよ」

頭を抱える次郎。もうこれ以上アンナに秘密を隠し通すのは限界だ。……よし。追いかけて全て話そう。そう次郎が決心した時、

「薩摩さん」

「……!」

振り向くと今度は進次郎がいた。

「君は確か、科特隊の」

次郎にとっては子供にしか見えない制服姿の進次郎が、爽やかな笑顔で自己紹介する。

「早田進次郎です」


仮設前線指令室。監視モニターを見る北斗。そこへ諸星が戻る。

「どうだ、奴の様子は？」

「早田先輩が接触しました。なんか普通に会話しちゃってますけど」

「そうか」

諸星もモニターに笑顔で話す進次郎と次郎を見つめ、呟く。

「進次郎相手なら油断してボロを出すかもしれない」


「高校生で科特隊かぁ。進次郎君。よっぽど優秀なんだな」

しきりに感心する次郎。彼にとって科特隊は憬れの的。いわば雲の上の存在だ。

「いや、そんなことないです。今でもよく諸星さんには怒られますし」

「あの人、怖そうだもんな」

「はい。めっちゃ怖いです」

すっかり打ち解けたところで進次郎が言った。

「薩摩さん。二つ、質問していいですか?」

「え、いいけど」

「では一つ目の質問。さっきの人、恋人ですか?」

「なっ、なに言ってんだよ、いきなり。アンナは、ただの幼馴染だよ」

真っ赤になる次郎を見つめ、進次郎が微笑む。

「素直な人ですね」

「大人をからかうなよ」

照れ笑いの次郎に、また進次郎が言う。

「じゃあ二つ目の質問。何か隠してることがありますね」

「……え?」

次郎の笑顔が固まる。さらに進次郎が言う。

「誰にも言えない秘密を抱えるのは苦しい。まして、自分の大切な人まで騙さなきゃならないのは本当にしんどい」

「な、何で……俺にそんなこと……」

「すごくわかるからです。俺、そういう気持ち」

自分のことだけではない。進次郎の脳裏には、父のことが浮かんでいた。進次郎が幼いころから、ずっと大きな秘密を抱えてきた父の姿が。

「……」

進次郎の澄んだ目を見た瞬間、次郎は思った。彼にならば打ち明けてもいい。いや、打ち明けるべきだと。

「実は……」次郎がすべて話そうとした、その時――、

『ゼロスーツの転送を確認！』

諸星のインカムに、科特隊本部から連絡が入った。直後、監視モニターに映る次郎の前に光の柱が立ち、天空から飛来する粒子が人の形に凝集した。

バージョン0だ。

『ロックしました。装着シークエンスを開始します』

次郎のインカムにチュートリアル音声が割り込む。

「ちょ……！」

次郎と向き合ったZERO SUITは、一瞬にして分解、次郎の身体を包んで再構成された。同時にガンメタルのボディーが派手なデモンストレーターカラー

に変わる。

「やっぱり奴だったか」

すぐさま諸星が仮設指令室を飛び出し、北斗も後を追った。


「え？　どうして？　バレちゃったよ、俺がバラす前に」

ＺＥＲＯ　ＳＵＩＴを装着して戸惑う次郎に、音声が答える。

『あなたが望んだからです。もう一度、ウルトラマンになりたいと』

「で、でも……誰にも秘密だったはずじゃ」

目の前で微笑んでいる進次郎を、混乱したままの次郎が見つめると、

『その人には全く悪意がありません。そして、特別です』

「……特別？」

茫然と次郎が呟いた時だった。緊急警報が鳴り響き、またも重力変動と共にグランドームが軋みを上げ、活性化した時空歪曲点の中から大量のレギオノイドが襲来した。


「間の悪い連中だ」

地上に出るや、瞬時に状況を把握した諸星が眼鏡のブリッジに触れる。指令を受け、科特隊基地から中継衛星を経由してSEVEN SUITが転送、装着された。

「まるでどこかから覗き見していたみたいですね」

北斗も機械仕掛けの両拳を打ち合わせ、ACE SUITを装着した。

「ま、僕らもヒトのこと言えませんけどっ！」

背中のスラスターを噴かして敵の群れへ躍り込む北斗を追い越しながら、諸星は考える。

――だとしたら、その目はどこにある？

「薩摩さん。俺たちも行きましょう！」

そう言うと進次郎が右腕を頭上に突き上げる。再び光の柱が立ち、それが収まるともはや見慣れたULTRAMANがそこにいた。

もう何を見ても驚くまいと決めた次郎だったが、その決意はあっさり覆された。

「き、君も、ウルトラマン!?　特別って、そういうこと!?」

そして思い出す。彼は早田進次郎と名乗った。

早田――旧科特隊のメンバーの中にも、たしかそんな名前の隊員がいた気がする。

もしや彼はその息子なのでは？　サラブレッドじゃないか！


同時刻。

地球最高の電算機でも一万年はかかるであろうパズルをものの数十分で解き明かし、マヤは科特隊本部システムに侵入、内部を探索していた。あまりにも膨大な情報の中から必要なピースを探し出すのは、防壁を解除するよりもはるかに骨の折れる仕事だった。それだけに、転送制御室近くの一室で横たわる〝それ〟を発見したことは僥倖と言える。

真っ黒に焼け焦げたＵＬＴＲＡＭＡＮ　ＳＵＩＴ。いわゆる〝ＬＯＰＳ《ロプス》〟＝Loss Of Power Supplyと呼ばれる電源供給喪失状態にあるらしいそのＳＵＩＴは、バージョン０に間違いなかった。しかし現在バージョン０は上海でまさに戦闘中である。既に参照した記録では、一体しか製作されていないはずだった。ではここに存在するＳＵＩＴは何なのか。

マヤは転送制御システムのログを遡り、とあるエラータグに気付いた。

『なるほど。面白いものを見つけたな』

ムキシバラ星人の声が響く。

『こいつは、使えそうだ』

レギオノイドを一ダースほど斬り裂いたところで、ＡＣＥはビームの刃を収めた。

「ちょっと数が多すぎません?」

十五体目を切断しながら。ＳＥＶＥＮが答えた。

「そうか、少し分けてやろう」

と、一体をＡＣＥの方へ蹴り飛ばす。

「……そりゃどーも!」

ＡＣＥはパスされたレギオノイドの腹を抜き手で貫き、そのまま手首を折ってビーム砲をぶっ放した。瞬く間に一〇体が消し飛んだがそれ以上の数が歪曲点から湧き出てくる。

明らかに劣勢だった。

そこへ三つの刃が飛来、さらに二〇体の首を刎ね飛ばした。

ＺＥＲＯのスラッガーと、ＭＡＮのスラッシュだ。

「ナイスゥ！」

北斗が口笛を吹く。

「お待たせしました！」

二人の合流によって形成は逆転、ＳＥＶＥＮとＡＣＥにも余裕が生まれた。

「本部、Ｅ装備、モードＳで転送！」

ソードを収めたＳＥＶＥＮの両手に、大型破断刀・アイスラッガーが出現する。

「僕にもアレ、お願いします！」

ＡＣＥの腕に、メタリウムハンマーが装着された。

ＵＬＴＲＡＭＡＮも腕のスペシウムブレードを展開し身構える。

今度はレギオノイドが押される番だった。

次々になぎ倒され、切り刻まれ、四肢が、首が宙を舞う。ドリルも光弾も、敵より味方にめり込む方が多くなった。ドームの上に残骸が折り重なり、増援もまならない。

ＺＥＲＯも奮闘していた。はしゃいでいたとさえ言える。

二つを接続し、敵めがけて投擲されたＳＥＶＥＮのアイスラッガーを空中でキャッチ、それを振り回してレギオノイドを蹴散らした。

数分後、ついに動いているレギオノイドは一体もいなくなった。

「やった！　俺も戦えた！　ウルトラマンたちと一緒に！」

ＺＥＲＯ ＳＵＩＴの中で、次郎は破顔一笑していた。

今度こそ戦友として握手を交わそうと、ＳＥＶＥＮの姿を探す。

「……おい」

その鼻先に、ＳＥＶＥＮのソードの切っ先が突き付けられた。

「あっ！　やべっ！　すんませんお返しします！」

慌ててアイスラッガーを差し出すＺＥＲＯだったが、

「一緒に来てもらおうか」

ＳＥＶＥＮはにべもない。

「ちょ、ちょよっと待ってください。俺は——うわ！」

刹那、ＺＥＲＯは次郎の意思に反し、またもＳＥＶＥＮの前から逃走した。

「なんで逃げるんだよ！　戻れ！　話せば分かるって！」

『正体を知られるわけにはいきません』

音声が答える。

「いやもう絶対バレてるって！　おいチュー吉！」

『チューキチとは？』

「チュートリアルナンチャラだからチュー吉でイイだろ！」

『登録しました。逃走を続行します』

「だから！」

ダイブハンガー建設予定地の広大なプラットホームも、ＵＬＴＲＡＭＡＮの身体能力からすればテニスコートと大差ない。設置途上の足場や倒壊したタワークレーンの鉄骨、あるいは垂れ下がるワイヤー類を利用し、上へ下へとＺＥＲＯは逃げる。

「逃がすか」

追尾するＳＥＶＥＮが先回りして鉄骨を斬り落とす。ＺＥＲＯが牽制にアイスラッガーを投じれば、ＳＥＶＥＮもすかさず投げ返す。とんだ鬼ごっこだ。

北斗は不謹慎にも腹を抱えて笑い転げている。

「やめてください！」

見かねた進次郎が割って入った。

「止まれチュー吉！　あいつは特別なんだろ！」

その言葉が聞き入れられたのか否か、ようやくＺＥＲＯ ＳＵＩＴのコントロールが次郎の手に戻った。やれやれとばかりに、ZEROはプラットホームの中心、グランドームの上に積み上がったレギオノイドの屍の山に着地する。

と、四人のSUITが一斉に警告音を鳴らした。

「なんだと⁉」

チュー吉が告げる。

『重力変動の急激な増大を検知、真下です』

「は？　は？　は？　何それヤバくない？」

『超絶ヤバイです』

「だから！」

足元の残骸の山が内向きに崩れ落ち、凹凸が反転、蟻地獄を思わせるすり鉢型に変化した。その奥には時空歪曲点が口を開け、渦を巻いてレギオノイドの残骸を呑み込んでいる。まるで特大のコーヒーミルだ。次郎は戦慄した。

「どうすんだチュー吉！　どうすればいいい⁉」

『チュートリアルを開始しますか？』

「うおおおおおおおい‼」

無数のレギオノイドの残骸に足を取られ、濁流に押し流されるようにZERO SUITは時空歪曲点の底に消えた。

「薩摩さああああん‼」

進次郎の悲痛な叫びを、金属が挽き潰される嫌な音が空しくかき消してゆく——

——。

何が起きているのか、次郎には理解できなかった。わかるのは今の状況がとてつもなくヤバいということだ。

「どうする？　どうしたらいい？　どうしたら⁉」

ＺＥＲＯ　ＳＵＩＴのパワーをもってしても身動き一つできない。体は着実にアリ地獄の中へと沈んでいく。時空の歪みの中に。

『チュートリアルを開始しますか？』

頭が混乱し、チュー吉の声に答える余裕すらない。

「うわあああああああああ‼」

もはや次郎には叫ぶことしかできなかった。


何が起きたのだ？

科特隊本部のシステムに侵入したマヤからの報告を受けていたムキシバラ星人は、上海での異変に気付き、その光景を注視する。

破壊された大量のレギオノイドの残骸と共にＺＥＲＯ　ＳＵＩＴが時空歪曲点の中へと飲み込まれていく。

誰の仕業だ？

ダイブハンガー建設予定地にＺＥＲＯ　ＳＵＩＴの出現を確認し、捕獲目的でレギオノイド軍を差し向けたのはムキシバラ星人だ。だが今起きている時空歪曲点での重力異常は別の何者かが引き起こしたものだ。

この強引で無礼極まりないやり口。エクスベス星人か？　……いや、奴は初出撃での不様な敗北の罰を受け、勝手に動ける状態ではない。だとすると……

あれこれ思案をめぐらせている間にＺＥＲＯ　ＳＵＩＴは完全に時空歪曲点に飲み込まれ、消えた。

まあ、いい。私のプランとは違うがＺＥＲＯ　ＳＵＩＴはこちらの手の内に落ちた。じっくり観察させてもらうとしよう。

科特隊本部システム内のマヤに任務の続行を命じると、ムキシバラ星人は時空歪曲点の中にＺＥＲＯ　ＳＵＩＴの反応を探知し、追跡した。

次郎がグランドームの底に消えてから六時間が経過していた。二時間前に本部からＴＰＣのロゴを付けた輸送機が到着し、運ばれた機材とエンジニアやメカニックたちによって、グランドームを跨ぐ頑丈なガントリークレーンが設置されている。

そしてつい先刻、第二の輸送機が到着。履帯を鳴らしてコンテナから這い出した異様な車両に、進次郎と北斗は瞠目した。どことなく鉄道用の除雪車を連想させるフォルムと先端の大型ドリル。左右にもいかめしいギアが水平に嵌まっており、ドリルと同じ金属光沢を放っている。車体側面には「ＭＲ‐１」の文字が見えた。

「旋回式位相界面強襲穿孔システムＭＲ‐１、通称マグマライザーだ」

諸星が説明する。いまだ実験段階にあるこのマシンに乗り込んで、グランドーム内の時空歪曲点に突入し、薩摩次郎を捜索・救出しようというのだ。

次郎のＺＥＲＯ ＳＵＩＴが発する量子ビーコンは現在も受信され続けており、少なくともＳＵＩＴは健在であることを示している。次郎が歪曲点に呑み込まれた瞬間の空間偏差や次元曲率、放射線パターン等も詳細に記録されており、追跡に必要なパラメータは揃っていた。問題は時空の扉をこじ開け、生身の人間を乗せてそれをくぐり、なおかつ生きたまま元の時空に帰還する手段だ。

「マグマライザーがそれを与えてくれるってワケですか」

「理屈の上ではな」

北斗の相槌に、車体を点検する諸星が背中で答えた。

「俺が行きます。薩摩さんを助けたい。ウルトラマンの俺なら！」

「あいにくこいつはセブンスーツ専用だ。それとも今から貴様用に改造させるか？　変更部分の設計、製作、組付け、調整、ソフトウェアの再開発と試験、修正、操縦訓練、ざっと二箇月というところか。ゼロスーツの生命維持限界まで二七時間。間に合うか微妙だな」

進次郎はぐうの音も出ない。

バン、と点検ハッチを閉じて諸星が言った。

「……僕が行く」

反論できる者はいなかった。

進次郎が知る限り、諸星はＺＥＲＯ　ＳＵＩＴにも次郎にも良い印象を抱いていない。相性が悪いとさえ言える。だが、ここは彼を信じるしかない。

「……あれ？」

深い意識の底で、次郎はゆっくり覚醒する。

「……俺……どうなったんだ……？　確か……」

まだ朦朧とする次郎の脳裏に、次第に記憶が蘇る。ＺＥＲＯ　ＳＵＩＴを装着した状態で突如、アリ地獄みたいな状況でグランドームの中に飲み込まれたのだ。

「だとしたら……ここは、どこだ？」

意識は戻ったものの視界は未だ完全な闇の中だ。何も見えない。

「教えてくれ、チュー吉。俺は今、どこにいるんだ？」

だが答える声は無い。続く沈黙。どうしたのだろう。時空の歪みに飲まれた衝撃で故障してしまったのだろうか？　徐々に不安が大きくなった時、ふいに視界が明るくなる。

「……え？」茫然と次郎が呟く。「……ここって……確か……」

目の前には見覚えのある景色が広がっていた。夏の青空の下、青々と木々が茂る山の中腹、大きなトンネルが口を開けている。まだ子供だった頃から何度も訪れた、そこは次郎にとって忘れることのできない特別な場所だ。そこに今、次郎はポツンと佇んでいた。

「……どうして？　何で俺はここに……？」

ＺＥＲＯ　ＳＵＩＴは装着していなかった。何が起きたのか状況がまるで理解できない。

……夢？　……俺は夢を見てるのか？

そう思い、次郎が自分の頬をつねろうとした時、ふいに誰かが現れる。花束を手にした青年。それは――

「……俺⁈」

なんと次郎の目の前には、もう一人の次郎が立っていた。……ありえない。こんなのおかしすぎる。やっぱり自分は夢を見ているのだ。早く目覚めなければ。

だが頬をつねろうと頭を叩こうと全く目覚める様子はなく、次郎は仕方なく目の前にいる自分に声を掛けた。

「おい、お前……じゃなくて、俺！　聞こえるか？」

だがもう一人の次郎にリアクションは無い。どうやら次郎の声は聞こえず、姿も見えていないようだった。試しにもう一人の自分に触ろうとしたが、すっと次郎の手は相手の体をすり抜けた。まるで幽霊になったような状態だ。もはや何をしても無駄だと理解し、次郎は静かにもう一人の自分を観察した。すると、あることに気づく。

「これって……親父の……三度目の命日……」

間違いなかった。次郎が見ているのは今から八箇月ほど前の光景だ。病気で父が死んでから三年が経ち、次郎はこの場所に花を手向けに来たのだ。父との思い出がつまった、このトンネルに。

次郎の父は工事作業員だった。橋やトンネルや幾つもの大規模な工事に携わっていた。まだ子供だった次郎は、父が関わった工事で完成した場所に連れていってもらうのが大好きだった。立派な橋を父に肩車されて渡ると父がとても強く頼もしく感じた。まるで大好きなテレビのヒーローみたいに。

特にこのトンネルは次郎にとって、そんな父を象徴するような特別な場所だった。

次郎が小学三年生の時、父が現場主任を務めていたこのトンネルで不慮の落盤事故が起き、父と数人の作業員がトンネルの中に閉じ込められた。崩落した岩や土砂の撤去が急ピッチで進められたが、救出作業は思うように進まず、父たちが生きている可能性は低いだろうと誰もが思っていた。だが事故から丸二日が経過し、ようやく崩落現場まで撤去作業が進んだ時、トンネル内の通気用鉄パイプを叩く音が聞こえた。父は生きていた。絶望しそうになる仲間たちを必ず生きて家族のもとに帰ろうと励まし続け、全員が無事生還したのだ。仲間たちから父は奇跡の男――ミラクルマンと呼ばれた。父はそう呼ばれることを気恥しく感じていたが、次郎は最高に嬉しかった。次郎だけではなく仲間の人たちにとっても父が本物のヒーローになったんだと思うと、誇らしくて堪らなかった。

次郎は自分も大人になったら父と同じような人間になりたいと願った。だから迷わず父と同じ工事作業員になった。重機やクレーンなど全て上手く使えるよう必死に頑張った。少しでも父に近づきたい。父と一緒に働き、父に認めてもらいたい。それが次郎の目標であり、夢だった。だが次郎が父と共に働けたのは、わずか数箇月だった。

父が病気で倒れたのだ。進行性の難病だった。それでも次郎は父が病気に打ち勝ち、再び現場に帰ってくると信じた。あのトンネル事故の時のように。父はミラクルマンなのだから。でも、奇跡は起こらなかった。次郎が二〇歳の時、父は帰らぬ人となった。

「……父さん」

目の前にいるもう一人の次郎が呟く。そして花束を供えようとトンネルに向かい、歩き出す。

「待て！　行っちゃだめだ！」

思わず次郎は叫んだ。これから何が起きるか思い出したのだ。だがその叫びは届かず、もう一人の次郎はトンネルの中へと足を踏み入れる。あの日と同じように。

「逃げろ！　そこは危険だ！」

もう一人の次郎が花をトンネルの中に供え、手を合わせた時だった。トンネルの奥の闇で何かが光ったかと思うと、突如、巨大な轟音が響く。

「うわっ！」

思わず二人の次郎が同時に声を上げる。刹那、激しい振動が襲い、トンネル壁面に不気味な亀裂が走る。まずい。崩れる。だがもう一人の次郎はその場から動こうとしない。いや、動けないのだ。

「……なんだ……あれ」

もう一人の次郎が凝視するトンネルの奥の闇に異形の怪物——トガラメ星人が迫ってくる。左右にツノか翼のようなものを広げ、腹部にある口からは鋭い牙を持つ蛇のような長い舌をおぞましく蠢かし、一つ目でジロリとこちらを睨むと、巨大な鎌が生えた腕を振り上げ、もう一人の次郎に襲い掛かった。

ようやくその時、もう一人の次郎は走り出す。だが既に遅い。逃げられるはずがない。殺られる。俺はここで死ぬのだ。そう覚悟した時だった。

ガキン！　振り上げた鎌はそこで止まり、振り下ろされることはなかった。

トガラメ星人の背後に誰かいる。そいつが逆手に掲げた白刃が、トガラメ星人の鎌を遮っているのだ。

「……おいおい」

背後の何者かは言った。

「人がいるとは聞いていないぞ」

刀で鎌を絡めとったままゆっくりと位置を変える。

甲冑？　赤いボディアーマーに銀色の甲冑をまとった長身の男……に見えた。

トガラメ星人の的が、次郎からその男に変わる。素早く伸ばした触手状の舌は、しかしその男の刀に切断された。だが鎌から刀が外されたことでトガラメ星人は自由になる。すかさず距離を取り、振り返って男の姿を探すが、その眼球に男の投げ放ったS字型のナイフが突き刺さった。聞いたこともない絶叫を上げ、トガラメ星人は出鱈目に鎌を振り回す。その喉元――と呼ぶべきかどうか、翼の生えた頭部の甲羅と胴体の間に深々と突き入れた刃を、男はぐいと横に薙いだ。運動中枢を破壊されたのか、トガラメ星人は糸の切れた人形のごとく崩れ落ちた。

次郎が供えた花のすぐ傍だった。

刀を抜き、血糊を払って腰の鞘に納めるその男の仕草は、あまりに手慣れていた。研鑽を積み実践を重ねたプロフェッショナルの手際だ。

気付くと、黒いボディアーマーに自動小銃を手にしたヘルメット姿の男たちがわらわらと現れ、次郎を取り囲んでいた。トガラメ星人の死体や切断された舌を回収している者もいる。赤いスーツの男と会話している者も。

「手配中のトガラメ星人に間違いないそうです」

「実戦投入前の最終調整のはずが、とんだハプニングだ」

最終調整？　ハプニング？　戸惑う次郎に、別の一人が問いかける。

「どこか痛いところはありませんか？」

次郎が首を横に振ると、携帯電話を検めて写真や動画を撮影していないことを確認し、この場で見たことを口外しないよう言い含められた。そもそも警察やマスコミに話したところで無意味である、とも。

ＵＬＴＲＡＭＡＮが都市伝説的に世間を騒がせるようになったのは、しばらくたってからのことだ。今では次郎も、彼らが科学特捜隊の特殊任務班であり、赤いアーマーの男がＳＥＶＥＮと呼ばれていることを知っている。

「……父さん」

間一髪で助けられた、もう一人の次郎がSEVENを見つめ、呟く。そうだ、この時、次郎はSEVENに亡き父の姿を重ねたのだ。このトンネルで仲間たちの命を救った、次郎にとって憧れのヒーローだった父の笑顔を。

その瞬間、SEVENも次郎の憧れとなったのだ。自分もいつかSEVENと共に戦いたい。誰かを守るために。そんな妄想を抱くようになっていた。

そして今、それは現実となった。次郎は手に入れたのだ。大切なものを守ることができる——ZEROの力を。

『……次郎。……次郎』

不意に耳元で声がした。俺を呼んでいる。まさか……父さん？

ハッと次郎は目を覚ました。

「……あれ？」

『ようやく目を覚ましましたね』

聞き覚えのある声が耳元で響く。チュー吉だ。

「……俺……どうしてたんだ？　……やっぱり、夢を見てたのか？」

『いえ。夢ではありません』

「夢じゃ、ない？」

『あなたは実際に過去の時間に迷い込んだのです』

チュー吉の説明では、時空歪曲点に飲み込まれた直後、次郎の意識と肉体が別位相に分離。意識層だけが時間線を遡り、特別な強い記憶のある過去に引き寄せられたのだという。意識は存在したが物理層にある肉体を伴っていなかったため、観測はできるが干渉は出来ない状態に陥っていたのだとか何とか。

「……なるほど、わからん」

『よかったです。無事にこちらの世界に戻ってこられて』

「こちらの世界……て、どこだ？」

チュー吉にそう言われ、次郎は改めて自分の状況を確認する。

「……なんだ……ここは?!」

ＺＥＲＯ ＳＵＩＴを装着した次郎が倒れているのは、猛烈な吹雪が吹きすさぶ広大な氷原だった。見渡す限り真っ白な世界。ただ周囲には雪に埋もれ凍り付いた無数のレギオノイドの残骸が散らばっていた。

『時空歪曲点に飲まれ、この極寒の惑星に転送されたのです』

チュー吉によると惑星の温度はマイナス二四〇度。生身の次郎なら一瞬で凍り付く環境だが、ＺＥＲＯ ＳＵＩＴに守られ寒さはまるで感じなかった。

「……どうして、こんな場所に？」

『恐らく、何者かの意思で』

「……何者かって……」

『現在、こちらに向かって急速接近中です』

次郎は直観する。これから、さっき見たばかりの過去と同じ状況になろうとしていることを。ただ違うのは今度はＳＥＶＥＮが現れないということだ。

「今は、俺が」

ＺＥＲＯ ＳＵＩＴを装着した次郎が雪原に立ち上がると、前方の吹雪を切り裂くように飛来する影が見えた。

「俺が戦う」

更に急接近する影——グインペ星人が襲い掛かる。同時にＺＥＲＯ ＳＵＩＴは二本のＺＥＲＯスラッガーを放った。

諸星がＳＥＶＥＮ ＳＵＩＴを装着するや、井手から連絡が入った。

『良いニュースと悪いニュースがある』

「良い方を聞こう」

『量子ビーコンの特徴的な変動を捕えた。薩摩クンは生きている公算が高い』

「悪い方は言わなくていい」

『重要なのはこっちなんだ』

井手は、ＳＵＩＴのエネルギー消費が激しく、おそらく戦闘になっていること、生命維持限界まで既に一〇時間を切っていることを告げた。

「そんなことだろうと思っていた」

この通話は、進次郎と北斗にも共有されている。案の定、進次郎が駆け寄ってきた。

「諸星さん！」

「やることは変わらん。行って見つけて連れ戻す。それだけだ」

いちいち僕にコメントを求めるな、と付け加えて諸星はマグマライザーに潜り込み、ハッチを閉鎖した。

車内は狭く、一人分のスペースしかない。諸星はＳＥＶＥＮ ＳＵＩＴを装着した状態でラッチにより固定され、腹ばいで操縦する。帰路では床下の僅かな貨物スペースに薩摩を押し込む想定だ。現在そこには戦闘に備えてフルバッテリーのワイドショット二挺、およびZERO SUITと並行して開発されたゼロランス二本が格納されている。

「時間だ。揚げろ」

諸星の合図でガントリークレーンのワイヤーが巻き上げられ、マグマライザーの尾部が持ち上がってゆく。上海湾に沈む夕日を浴び、SEVENが乗る砲弾のごとき鉄塊が逆さ吊りとなってグランドーム直上に運ばれてゆく。

『諸星さん』

進次郎だった。

「今度は何だ」

言おうか言うまいか迷ったんですが、と前置きして進次郎は続けた。

『今日、ゼロスーツと初めて向き合ったとき、スーツから何か感じたんです。薩摩さんとは別の、誰かの意思というか感情？　みたいな……』

「スーツの感情だと？」

『そこはわからないんですけど、たしかに感じました』

「何を」

『怒りと……孤独、です』

孤独……。

クレーンが停止した。眼下には時空歪曲点が不規則に脈打っている。

「座標確認。位相パラメータ、ロード完了。時空界面穿孔システム、始動」

ドリルとギアホイールが回転を始めた。歪曲点から、時空の歪みが巻き上げられるように噴出、マグマライザーの周囲にまとわりついてゆく。蠢く巨大なプリズムガラスに包まれたように像が屈折し、分光されたスペクトルが周囲で激しいダンスを踊る。

「回転正常、突入臨界点突破」

マシンの安定した振動を感じながら、諸星はリリースボタンを押した。

「MR-1、ダイブ!」

ガントリークレーンのワイヤーが外れ、マグマライザーは真っ逆さまに時空歪曲点へ向け落下した。赤方偏移した歪曲時空の名残が真っ赤な流体と化し、噴火山さながらの溶岩飛沫を天空高く吹き上げた。

ている。

「だからマグマライザーっていうんだ……」

不測の事態に備え、進次郎共々SUIT姿で待機していた北斗も珍しく感心している。

「グインペ星人。私の獲物を横取りしたのはアイツだったか」

氷の惑星。ムキシバラ星人は別時空からZERO SUITとグインペ星人の戦いを監視していた。レギオノイドは一切使わず己の力のみで相手をねじ伏せるのがグインペ星人のやり方だ。己の強さを誇示することに何より拘るのだ。くだらん自己満足だとムキシバラ星人は思う。どんな手を使おうと確実に相手を倒す方が効率的だ。だが、グインペ星人が強いのは確かだ。己のフィールドの氷の惑星では更に強さを発揮する。ZERO SUITが倒される可能性もなくはない。

「いずれにせよ、待てばいいだけだ」

ムキシバラ星人は両者の決着がつくまで傍観しながら、ZERO SUITに関する戦闘データの収集を開始した。

グインペ星人の胸部が膨らみ、猛烈な息を吐いた。息に含まれる粒子がSUI

T表面に付着し、熱を奪うと同時に靭性を低下させて動きを封じる。デフロスターをフル稼働させて対抗するが、その代償として活動限界を示す数値がみるみる減っていく。

息の攻撃に羽ばたきが加わった。氷雪のシャワーがＺＥＲＯを氷漬けにしてゆく。

絶体絶命。さすがの次郎も不安を感じ、チュートリアルシステムに声をかける。

「おいチュー吉」

しかし、意外な返答が返ってきた。

『こんな奴に、負けはしない』

先刻までの冷静で慇懃な口調ではなくなっている。

「チュー吉?」

『こんなところで、倒れるわけにはいかない!』

怒りだ。次郎のものでもチュー吉のものでもない、ＺＥＲＯ ＳＵＩＴそのものに宿る強い怒り。この異星人たちを操る、まだ見ぬ強大で邪悪な敵に対する烈火のごとき怒りを、次郎ははっきりと感じた。

その怒りが、ＳＵＩＴの機能を超えて氷を溶かし、粉々に爆砕した。

驚き怯むグインペ星人。

ＳＵＩＴの表面が異常な熱を発している。その勢いのまま次郎はグインペ星人に突進、太い胴体に両腕を回した。高熱に皮膚を灼かれ、グインペ星人が悲鳴を上げる。

「うおおおおおっ！」

ＳＵＩＴの怒りに当てられたかのように、次郎が両腕に力を込める。倍力機構の上限を超えた絞力がグインペ星人の肋骨を砕き、臓器を破裂させ、脊椎をへし折る。その感触に身震いしながら、次郎はＳＵＩＴの過熱と怒りが急速に冷えて行くのを感じていた。


「……どうやら過小評価をしていたらしい」

グインペ星人を倒したＺＥＲＯの力は、ムキシバラ星人の想像をはるかに凌駕していた。

『マヤ』

科特隊本部の転送制御システムに侵入している電子生命体に命令を下す。

『その人形を起動させろ』

上海の病室で昏睡するマヤの肉体が目を開いた。
と同時に、科特隊の一室にLOPS状態で安置されていたもう一つのZERO SUITのバイザーも点灯、全身のサーボモーターがチューニングを開始した
――。

第五話 若き戦士の覚悟

ULTRAMAN SUIT ANOTHER UNIVERSE Episode:ZERO

「うおおおおっ！」

ＺＥＲＯ ＳＵＩＴの倍力機構の上限を超えた絞力がグインペ星人の肋骨を砕き、臓器を破裂させ、脊椎をへし折る。その感触に身震いしながら、次郎はＳＵＩＴの過熱と怒りが急速に冷えて行くのを感じていた。

「……どうやら過小評価をしていたらしい」

グインペ星人を倒したＺＥＲＯの力は、ムキシバラ星人の想像を遥かに凌駕していた。

『マヤ』

科特隊本部の転送制御システムに侵入している電子生命体に命令を下す。

『その人形を起動させろ』

「……わかりました」

ムキシバラ星人からの指令にマヤが答える。

――マヤ。それは〝彼女〟の本当の名前ではない。今回のミッションにおけるコードネームだ。特殊工作員である〝彼女〟のやるべきことは決まっていた。まずは侵略対象の惑星に、あたかも逃亡者のような状況で侵入し、油断させ、コクピットで最初に接触した相手の記憶を読む。そして記憶を読んだ相手が、強く会いたいと願う者の姿に擬態するのだ。

その能力が電子生命体であるマゼラン星人の〝彼女〟にはあった。だからこうして生かされている。その能力こそが〝彼女〟の存在価値なのだ。

〝彼女〟は自分が誰なのか知らない。過去の記憶が一切無いのだ。気が付いた時には既にムキシバラ星人の下で特殊工作員としての訓練を受け、その使命を果たすことが全ての存在となっていた。そのことに不満も不安もない。ただ与えられた仕事を確実にこなすだけだ。この世界で最初に接触した諸星弾という生命体の記憶に強く残る〝マヤ〟という名前で。

科特隊の一室にLOPS状態で安置されている、もう一つのZERO SUITのオペレーティングシステムへとマヤは侵入し、それを起動させた。

目的は解っている。時空歪曲点に飲み込まれ別世界に飛ばされたZERO SUITの捕獲。奴は現在、グインペ星人が支配する氷の惑星にいる。

「なんなんだ……さっきのは……」

次郎は、絶命し氷原で雪に埋もれていくグインペ星人の骸を見つめ、呟く。

ZERO SUITから次郎に伝わった激しい感情。それは紛れもなく強い怒りと憎しみだ。

次郎は初めてこのZERO SUITを装着した時から何度となく様々な感情を感じ取った。諸星に対峙した時の嫌悪感。進次郎に対する親しみ。それらはこのZERO SUITに宿る何者かの感情に違いない。そしてその何者かの意志はチュー吉——チュートリアルシステムの電子音声を介し、次郎に話しかけた。最初の無機質な女性の声が今は感情ある男の声へと変わっていた。恐らくSUITに宿る者とシステムがより強くシンクロした結果だろう。

「……チュー吉」

次郎が意を決して話しかけた時、ガクッ、不意にZERO SUITが前のめりに氷原へ倒れ伏した。

「ど、どうしたんだ⁉」

だが返事は無かった。次郎はとっさに理解する。今までの激しい戦闘できっと

ＳＵＩＴのエネルギーが切れたのだ。だとすると、もはやこの氷の惑星から脱出することは出来ない。吹雪の中に埋もれ、いずれ次郎も死ぬだろう。

「……終わりだ」

絶望し、思わず次郎が呟くと、

「……まだ、終わりじゃない」

そうチュー吉が答えると、ＺＥＲＯ　ＳＵＩＴがゆっくりと立ち上がった。

「俺には……やらなければならないことがある」

そして吹きすさぶ雪の中を一歩、また一歩と前進する。

次郎ははっきりと感じた。ＳＵＩＴに宿る者の悲壮ともいえる強い意志を。


「怒りと、孤独……か」

時空歪曲点に突入したマグマライザーの中、ＳＥＶＥＮ　ＳＵＩＴに身を包んだ諸星の脳裏に、出発直前の進次郎の言葉が蘇っていた。

確かに諸星もＺＥＲＯ　ＳＵＩＴと相対した時、激しい怒りの感情を感じ取った。そしてその怒りの裏にあるものにも薄々感づいてはいた。それが気に食わなかった。何故なら諸星も全く同じような感情があったからだ。

「あの出来損ないが……」

苦々しく呟くと、ZERO SUITが放つ量子ビーコンの反応を確認した。

「無事でいろよ」


上海湾の陽は既に落ち、マグマライザーのサポートブースもグランドームを臨むプラットホーム上から海面下の仮設指令室に移されていた。進次郎と北斗もいったんSUITの装着を解除し、多目的ディスプレイに見入っている。といっても、規則正しく検出されるマグマライザーとSEVEN SUITの量子ビーコンのパルスを見守る以外にできることはない。時空歪曲点のこちら側と向こう側とを結ぶ通信手段がないからだ。エンタングルメントによって結びついた量子対の片割れを観測し、もう一方の存在が継続されていることを確認するのみである。このビーコンは、原理上どんなに遠く離れていても、たとえ異なる時空にあってさえもリアルタイムで検出できる代わりに、距離も方向もわからない。そして信号は完全に一方通行であり、こちらから有意な情報を相手に伝達することもできない。マグマライザーが帰還するまでは、ただの傍観者に甘んじるしかないのだ。

「不便なものですねえ」

北斗は相変わらず口さがない。

「何もないよりはましだろ」

そうたしなめる進次郎も、正直なところは北斗と同じ感想である。

と、コール音が鳴り、ディスプレイに科特隊本部の井手が表示された。

『そっちは変わりないかい？』

呑気な言葉に聞こえるが、かなり焦っているようだ。背後からも職員たちが忙しく動き回り、各部署と交信している声が聞こえている。

「何かあったんですか？」

『ゼロスーツが消えた』

「え？　いや、だからそっちは諸星さんがマグマライザーで——」

『そうじゃない、もう一体の方の話だ』

「ゼロスーツって、二体作られていたんですか⁉」

『いや、作ったのは一体だけなんだが……ああ、もう！』

井手は珍しく苛ついている。

聞けば、最初にＺＥＲＯ　ＳＵＩＴが科特隊から上海に自らを転送した際、過負荷で転送装置が火を噴いたため進次郎たちは避難したが、実はそこに意外な物体が残されていたのだという。それはＬＯＰＳ――電源喪失状態で黒焦げになったＺＥＲＯ ＳＵＩＴ。転送に失敗したのかとも思われたが、上海でＺＥＲＯ ＳＵＩＴが確認されたため、その仮説は否定された。考えられるのは、ＺＥＲＯ ＳＵＩＴが転送によって〝移動〟したのではなく〝複製〟されたのではないかという可能性だった。

「つまり〝カット&ペースト〟するはずが〝コピー&ペースト〟されちゃったと」

例によって北斗が要約する。

科特隊の転送システムに無論そんな機能はない。規定外の運用が招いた不慮の事故だ。

原因究明のため別室に保管されていたそのＳＵＩＴが突如起動し、転送装置を使用して姿を消したというのである。

「ゼロスーツのときの二の舞じゃないですか！」

「だいいちそんなものがあったなんて聞いてないですよ！」

『僕は何度も伝えようとしたんだけどね……』

言われてみれば、ブリーフィング中に何か言おうとした井手を遮ったことが何度かあった気がする。それ以上に優先度の高い問題が次から次へと発生していたからだ。

そのことで井手を責めるのは酷というものだろう。

『状況は前回のケースと極めて近い。だったら行先も同じじゃないかと思ってね』

「ここに……上海に現れるっていうんですか？」

進次郎の問いかけと同時に、警備システムが警報を鳴らした。

海上のプラットホームに転送ビームの柱が立ち、黒いＺＥＲＯ ＳＵＩＴが姿を現す。

「本当に来た……」

「行こう、北斗！」

進次郎と北斗はＵＬＴＲＡＭＡＮ ＳＵＩＴを装着し、プラットホームへ急いだ。

しかし、転送されたＺＥＲＯ ＳＵＩＴは一直線にグランドームを目指し、二人が駆け付けた時には既に時空歪曲点に飛び込んでいた。追跡は不可能だ。

誰かがあのＳＵＩＴを装着していたのなら、既に生きてはいないだろう。

ＵＬＴＲＡＭＡＮ ＳＵＩＴだけでは、人間の肉体は時空転移に耐えられない。

しかし、

『間違いなく無人だったよ』

井手はそう請け合った。

無人のＳＵＩＴが目指した先は、ひとつしか考えられなかった。


ＺＥＲＯ ＳＵＩＴは黙々と吹雪の氷原を前進する。

「チュー吉。教えてくれ。お前は……誰なんだ？」

次郎の問いかけに答えず、前進するＺＥＲＯ。

「お前は……どこに行こうとしてる？　お前がやらなければならないことって……何なんだよ？」

『……復讐だ』

不意にチュー吉の声が答える。

『俺のやるべきことは……奴への、復讐だ』

「奴って……」

刹那、次郎の脳裏に鮮烈なビジョンが流れ込む。

「……！」

それは見知らぬ惑星の光景だ。

圧倒的な数の巨大戦艦に空は覆いつくされ、大量のレギオノイドと、指揮する異星人たちが破壊と虐殺の限りを尽くす。

蹂躙され、絶望する人々。だが絶望的に不利な状況の中で、必死に抗い戦う戦士たちがいた。その姿はかつて地球に来て科特隊と共に怪獣や侵略者と戦ったウルトラマンにどことなく似ていた。

だがやはり歴然たる戦力差は埋めようがなく、激戦の中で一人、また一人と倒れていく。

「……行け……お前は生きろ」

ある戦士が自らを犠牲にし、一人の若き戦士を逃がした。

「お前に……全て……託す」

最後にそう言って戦士はこと切れた。

「うわあああああああああ！」

若き戦士の慟哭が戦場に響き渡る。

次郎は感じた。若き戦士の強い怒りと悲しみ。目の前で散った戦士は、若き戦士の師匠だったのだ。

成すすべもなく侵略される故郷の惑星。家族も仲間もみな、殺された。

生き残ったのは若い戦士、ただ一人。彼は走った。師匠の言葉を胸に。

俺は生きる。どんなことをしてでも生き残る。そして……

若き戦士の怒りに満ちた瞳が最後に見たのは、大軍団を支配し、送り込んだ者の巨大な影だった。実態はない邪悪なエネルギー体。その巨影を睨みつけ、若き戦士は誓う。

俺が貴様を倒す！　必ず！

邪悪な波動を全身から放つ巨大な影が笑ったように見えた。

「あいつ……何者なんだ……？」

次郎が影の姿をもっとはっきり見定めようとした時、突如、激しい衝撃が走る。

はっと我に返る次郎。だが意識はたった今目撃したビジョンの影響で混乱していた。

「……なにが……起きたんだ……？」

女性の声で、チュートリアルシステムがか細く答える。

『何物かの攻撃を受けました。エネルギーの残量が少なくなっています。装着者の生命維持を最優先……トリアル……テムは……モードに……』

「おいチュー吉！　チュー吉？」

それきり声は聞こえなくなった。

至近で爆発が起こり、次郎は氷雪もろとも数メートル吹き飛ばされて氷原に転がった。

「……くっ。また別の異星人かよ」

網膜投影型ディスプレイにより視界には多数の情報がオーバーレイ表示されているが、次郎はその読み解き方をろくに知らない。だが明滅するハイライトに縁取られた影が襲撃者を意味するであろうことは直感できた。

吹雪の中、その襲撃者に目を凝らす次郎。

「……え？　……うそだろ」

茫然と呟く次郎。まだ幻の続きを見ているのだろうか？　吹雪の中に立つのは、間違いなく、ＺＥＲＯ ＳＵＩＴだった。金属が焼け焦げたような、黒と褐色の鈍い輝きを放つＺＥＲＯ ＳＵＩＴ。科特隊本部から上海に転移し、グランドームの時空歪曲点に消えたＬＯＰＳ状態のＺＥＲＯ ＳＵＩＴ――ＬＯＰＳ ＺＥＲＯだ。

赤いバイザーの中央が、丸く発光している。

何かの反射か、照明の類か、まるで一つ目の化物だ。

「ＺＥＲＯが……もう一人――うわっ！」

その一つ目の上、額に嵌め込まれた小さなレンズから放たれる光が吹雪を斬り裂くのが見えた。次郎は咄嗟に身をかわし、先ほどの攻撃もこの光線によるものに違いないと推察する。自身のＳＵＩＴにも同じ武器が装備されているのだろうが、次郎はその使い方を知らない。また今の貧相なエネルギー状態で使用できるのかも疑問だった。

ＬＯＰＳ ＺＥＲＯは、何度か機械的に首を傾げ、指をうごめかせると、ダッシュでＺＥＲＯに接近、肉弾戦を挑んできた。先刻の光線攻撃から切り替える理由があるとは思えない。ＳＵＩＴの機能や能力を確かめようとでもしているのだろうか。

「ちょ……おま！　何なんだいったい！」

必死に応戦するＺＥＲＯ。だが残り少ないエネルギーの大半を生命維持機能に回している今のＳＵＩＴの状態では、至近距離から繰り出される打撃を避ける余力もない。ＳＵＩＴの機能不全やダメージに対する警告を発していると思しき視界内のディスプレイも、一つ、また一つと消灯してゆく、ＺＥＲＯはなすすべもなく一方的に打ちのめされ、さらに一本背負いで切り立つ巨大な氷壁に叩きつけられた。

そのまま深い谷底に落下する。次郎が見上げると、谷の上のＬＯＰＳ　ＺＥＲＯは不思議そうに首を傾げ、ほぐすようにゴキリと肩を回した。

「何なんだよ……あいつは」

「もう少し楽しい戦いが見られると思っていたが、」

時空の歪みからムキシバラ星人が戦況を監視していた。

「楽勝だな」

すでにＺＥＲＯ　ＳＵＩＴの戦闘データは十分手に入れている。これ以上は時間の無駄だ。一刻も早く、あのお方に戦利品として献上するとしよう。だがその前に不要なモノを処分しておこう。

「ゼロスーツだけ捕獲しろ。中の人間は殺せ」

ムキシバラ星人はＬＯＰＳ　ＺＥＲＯを操るマヤに命令した。

谷底に倒れ、動けぬＺＥＲＯに次郎が叫ぶ。

「立てよ、チュー吉！　ニセモノ野郎なんかに負けるな‼」

だが完全にエネルギーが底をつき、ＺＥＲＯは微動だに出来ない。

ＬＯＰＳが谷底に降り立ち、ゆっくり迫ってくる。

「ダメだ。このままじゃ、やられる。どうしたら……」

……そうだ。

次郎はＺＥＲＯが光となって空に飛び去ったことを思い出す。

「チュー吉。装着を解除しろ！」

「……」

「お前だけでも逃げろ！」

ＳＵＩＴを解除したら零下二四〇度の環境にさらされ次郎は一瞬で死ぬだろう。だが今の状況ではどのみち死ぬ。ならばＺＥＲＯだけでも生き延びるべきだ。それにあの時、もしSEVENが助けてくれなかったら確実に死んでいたはずだ。拾った命で憧れのヒーローにもなれた。もう十分おつりがくる人生だ。……父さんのところに行こう。

改めて覚悟を決め、次郎が叫ぶ。

「早く逃げろ！　早く！」

だがＺＥＲＯは装着を解除しない。

『次郎。お前だけ、置いては行けない』

チュー吉とは違う、あの声が答えた。

「……なに言ってんだよ。お前にはやるべきことがあるんだろ！」

『俺は、お前を見捨てない』

そう言うとＺＥＲＯが再び立ち上がる。満身創痍。エネルギーは無い。だがＺＥＲＯはまだ戦うつもりだ。次郎を守るために。

『仕方ない。破壊しろ』

ムキシバラ星人の命令を受け、ＬＯＰＳがＺＥＲＯに襲い掛かった瞬間、その体が真横に吹き飛んだ。

「！」

一瞬、次郎には何が起きたのか分からなかった。だが次の瞬間、先端にドリルがついた見たこともないメカが次郎の視界に入る。

「ギリギリセーフか」

聞き覚えのある声が響く。

「まさか……！」

「だが随分と派手にやられたものだ」

間違いない。諸星の声だ。あの時と同じように、またＳＥＶＥＮがピンチに助けに来てくれたのだ。

ＭＲ－１マグマライザーの狭い車内で、諸星は搭載された多目的光線砲にパラメータを入力し、トリガーのセーフティロックを解除した。

「貴重なダイモード鉱石を使って生成したマグネリュームエネルギーだ。ありがたく受け取るんだな」

ＭＲ－１の多目的光線砲から照射されたビームは正確にＺＥＲＯ ＳＵＩＴの額のレンズを捕え、高密度のエネルギーを注入していく。

「一体……何が……？」

生命維持機能を優先し停止されていた機能が次々に復活し、視界に再び色とりどりのインターフェイスが踊り始めた。チュートリアルシステムも再び起動される。

「エネルギーが補給されました。通常モードに復帰します」

「チュー吉！」

次郎は感じる。失われていた力がＺＥＲＯに再び満ち溢れていくのを。

そしてＺＥＲＯはすべての機能を取り戻し、力強く立ち上がった。

同時にマグマライザーのハッチが開き、ＳＥＶＥＮが姿を現す。

警戒するように佇むＬＯＰＳ ＺＥＲＯを一瞥し、次郎に問うた。

「兄弟がいたとは聞いていないが」

「俺にも何が何だか」

「だったらニセモノということか。嫌な気分だ」

ＳＥＶＥＮはソードに加えて大型の専用銃・ワイドショットと一本の長槍・ゼロランスを手にしていた。

「僕はニセモノが大嫌いだ。特に自分のはな」

ゼロランスを無造作にＺＥＲＯに放ってよこす。

「お前はどうだ？」

「……俺も、ニセモノ野郎は好きじゃないです！」

受け取ったゼロランスは奇妙に手になじんだ。ＺＥＲＯ専用に開発された武装なのだから当然だ。スペシウムの光芒を穂先にまとわせ、ＺＥＲＯはランスを構えた。

ＳＥＶＥＮもワイドショットを腰だめに構える。

「さあ、やり返すぞ」

ＳＥＶＥＮのワイドショットが氷原を薙ぎ払う。氷雪が急激に沸騰し蒸発、蒸気が形成する白い闇を、ＺＥＲＯのゼロランスが切り裂いてＬＯＰＳ ＺＥＲＯに肉薄する。マシンガンのような連続付きを、ＬＯＰＳは非人間的な機動でかわし切り、跳び下がった着地点をＳＥＶＥＮのスペシウムソードが切り崩す。ＬＯＰＳ ＺＥＲＯがよろけつつも額から光線を発射。ＺＥＲＯはマグマライザーの陰に隠れてやり過ごす。

「ちなみにそいつを壊すと二度と元の世界には帰れなくなる」

「いまそれ言います⁉」

マグマライザーをガードしながらも、ＳＥＶＥＮとＺＥＲＯは息の合ったコンビネーションでＬＯＰＳ ＺＥＲＯを追い詰めてゆく。

『マヤ。まだこの人形を失うのは惜しい。ここは一旦、引け』

ムキシバラ星人の命令を受け、ＬＯＰＳは自身の足元に光線を発射する。

弾けた氷飛沫が晴れた後に、黒いＺＥＲＯ ＳＵＩＴの姿はなかった。


「やった……」

「やってなどいない。向こうが退いただけだ」

「それでも、ありがとうございます、諸星さん」

次郎がSEVENに礼を言った時、ZEROが踵を返して歩き出す。

「え？　チュー吉」

驚く次郎。

「待て。元の世界に戻るぞ」

SEVENが制止すると、初めてZERO SUITが喋る。

『戻らない。俺にはやるべきことがある』

「やはり、そうか」

深くため息の諸星。

「だが、腕づくでも連れて帰るぞ」

SEVENがワイドショットの銃口をZEROに向けた。同時にZEROも戦うべく構えた時――、

「行かせてやってください！」

次郎が叫んだ。

「俺、感じたんです。チュー吉の……いや、ゼロの強い思いを！」

「……思い、だと？」

「はい！　ゼロには、どうしても倒さなければいけない敵がいるんです！　物凄く巨大な敵です！　でも戦わなきゃいけない！　たった一人でも！」

「……」

「俺……その気持ちが痛いほどわかったから……だから一緒に戦うって決めたんです」

「……」

「……行かせてください。お願いします。……諸星さん」

流れる沈黙。ふとSEVENがワイドショットを下げた。

「……いいんですか？」

「……いや。ダメだ」

「……どうして⁉」

「一旦、戻れ。お前らだけを行かせるわけにはいかない」

「……え？」

「そんなに巨大な敵なら、お前らだけでは勝てやしない。僕らも一緒に戦おう」

「……！」

「戻るぞ」

踵を返し、マグマライザーへと向かうSEVEN。それを次郎が見つめ、

「ゼロ。あの人は俺の憧れ……ヒーローなんだ」

無言のZERO。

「だから……信じてくれ」

暫くしてZEROが答える。

『……わかった。俺は次郎が信じる相手を、信じよう』

微笑む次郎。

「ありがとう」

SEVEN＝諸星は、ワイドショットとゼロランスをマグマライザー外装のラッチに固定し、ZERO＝次郎を呼んだ。

「お前の席はここだ」

床下の貨物スペースを指し示す。

「えっ、狭っ！」

「もともと一人乗りなんだ。文句を言うな」

有無を言わせずZEROをそこへ押し込み、SEVENはハッチを閉鎖する。

間もなくドリルとギアホイールが回転を始め、時空界面穿孔システムの作り出す空間の歪みがマグマライザーを包み込んでいった。

第六話　赤い夕陽の別れ

警報が鳴り響く中、グランドームに再びマグマの噴水が上がった。ＭＲ‐１・マグマライザーが異空間から帰還したのだ。オレンジの防護服をまとったメカニックたちの手によりワイヤーフックが取り付けられ、ガントリークレーンで引き上げられる。ＭＲ‐１の表面は薄氷で覆われ、いくつかの傷や凹みは見られたが、大きな損傷はないようだった。洗浄が行われ、未知の微生物や有害な放射性物質が付着していないかをチェック。ハッチの開放が許可されたのは、帰還からたっぷり一時間後だった。

「諸星さん！」

ＭＲ‐１から降り立ちＳＥＶＥＮ ＳＵＩＴの装着を解除した諸星に、進次郎と北斗が駆け寄る。だが諸星は片手を挙げてそれを制した。

「近寄るな。僕自身の検疫がまだ済んでいないんだ」

もっとも、ＳＵＩＴにはＢＮＣ防護能力が備わっている。さほど時間はかかるまい。

「どんなとこだったんですか？　異世界って」

北斗が感想を求めるが、「後で提出する報告書を見ろ」と、諸星はにべもない。

「薩摩さんは？」

進次郎が首を巡らせる。ＭＲ‐１は既に輸送機に積み込まれようとしていた。

「ＭＲ‐１ともども科特隊本部へ直行だ。また転送衛星に逃げ込まれてはかなわんからな」

輸送機には転送ビームを遮断する内装措置が施されていた。どうやらＺＥＲＯ　ＳＵＩＴの強制回収も、最初から作戦のうちだったらしい。

慌てたのは狭い貨物スペースに押し込まれたままの次郎だ。

「あれ？　ねえちょっと！　開けてくれるんじゃないんですか？　ねえ⁉」

気の毒に、あと二時間はあのままだ……東の空へ消えてゆく輸送機を見送りながら、進次郎はそう思った。


満足に寝返りも打てない状態でのフライトは快適とはいえなかったが、本部に到着してからの次郎は興奮のし通しだった。かつての科学特捜隊日本支部の地下に広がる秘密基地。格納庫に並ぶ本物のジェットビートルや小型ビートル。ＺＥ

RO SUITのまま、厳重にシールドされた通路を行く次郎の前後左右を挟む完全武装の警備隊員たちさえ、次郎にとっては憧れの対象だった。
到着した防爆室を思わせる一室で、次郎はZERO SUITの装着を解除された。SUITはこのままメンテナンスに回され、次郎は精密検査に入るという。担当者はやや年嵩ながら美しさを保つ白衣の女性で、「富士明子」と名乗った。

検査を終えた翌日、次郎は井手の執務室に通された。モニターを通じて顔は知っているが、直接会うのは初めてだ。例によってガラスを挟んで隣接する指令室の光景に気を取られる次郎だったが、ディスプレイに現れた諸星の不機嫌な顔に気付いて居住まいを正した。進次郎と北斗の顔も見える。この面談は、いわば上海とのリモート会議であるようだ。

まず井手が、精密検査の結果次郎の肉体に異常は見つからず、心身ともにすこぶる健康であることを告げた。ついてはZERO SUITの正規装着者として登録することに同意し、生体マーカーの投与と、任意の装着を可能としその基点ともなるポインターデバイスの支給を受けてほしいとも。むろん次郎に異存はない。

一方、ZERO SUITにも異常は発見できなかったことが報告されたが、これは悪いニュースと言わねばならない。無人のＳＵＩＴが突如自律起動し、意志ある者のごとき行動を起こした原因が解明できなかったことを意味するからだ。それがわからない以上、抑止することもまた不可能である。コントロールできない戦闘単位など戦闘集団にとって無益どころか有害でしかない。科学特捜隊は軍隊ではないが、人間社会の安全に対して重大な責任を負う機関のひとつである。次郎にＺＥＲＯ ＳＵＩＴをコントロールすることができるのか。議論の焦点はそこにあった。

回収以来ＳＵＩＴのチュートリアルシステムは沈黙を続けており、データレコーダーからも有益な情報を得ることはできなかった。次郎からの聴取が頼りである。

「……俺は、たしかに見ました」

そう前置きして次郎は語り始める。

極寒の惑星で垣間見たビジョン——ＺＥＲＯの記憶を。

ＺＥＲＯ ＳＵＩＴに宿り、チュー吉＝チュートリアルシステムの電子音声を介して語り掛ける何者かの意志の存在を。

その意志とは、かつて強大な存在に侵略された惑星に生き残った最後の戦士の思念。その侵略者に復讐すべく怒りの炎を燃え滾らせている孤独な魂なのだと。

「そういうことか……」

上海の仮設指令室で諸星が呟いた。

「……え?」

怪訝な視線を向ける進次郎だが、諸星は意に介さない。

モニターの向こうで、次郎は続ける。

時空歪曲点から、この世界に異星人やレギオノイドを送り込んだ者こそ、ZERO——ZERO SUITに宿る意志の持ち主を仮にZEROと呼ぼう——が捜す侵略者であること。そしてそいつが今、我々の世界を侵略しようとしている。だからZEROはこの世界に現れ、一直線に上海を目指したのではないか。

「……なるほど」

顎に指をあて、井手はしばし黙考した。

不明な点は多い。次郎の直感や推測も多分に含まれている。しかし彼の語った内容に矛盾はないし、諸星の報告書とも整合する。明子による精神鑑定の所見と照らし合わせても、これが次郎の妄想の産物とは考えにくい。事実として時空歪曲点からの敵の出現は続いており、にもかかわらず情報はあまりにも少ない――。

井手は決断した。

「どうだろう、今後はその〝ZEROの意志〟なるものが存在する前提で対策を考えてみたいと思うんだが」

モニター越しに進次郎と北斗が頷き。諸星も瞑目で肯定の意向を表明した。

「信じてくれるってことですか？」

意外そうな次郎に、井手は続ける。

「それにはZERO SUITに宿ったものとの共闘が必要だ。一つでも多く敵の情報が知りたい。キミにZEROとのコミュニケーションは可能だろうか？」

次郎の返答は簡潔だった。

「やってみます」

その時、臨時救護施設から諸星たちに連絡がはいる。敵に追跡されてきた宇宙船で発見された女性の意識が戻ったという。

「それはよかった。その女性からも敵に関する重要な情報が得られるかもしれんな」

モニター越しに井手が言うと、

「僕が確かめてきます」

諸星が即答し、部屋を出ていく。

「あ、俺も行きます」

北斗だけを残し、進次郎も後を追った。


「……ゼロ……聞こえるか……?」

薩摩次郎は、メンテナンスを終え転送カプセルに収容されたZERO SUITと向き合っていた。

目的はこのSUITに宿る〝何者か〟とコミュニケーションを取り、科特隊と共闘の意志があるか否かを確かめること。

つい三〇分程前、井手の執務室でそう言われた時は「やってみます」と気軽に返事をしたが、今更になって次郎は自分に与えられた任務の重さを感じていた。

もしSUITに宿る者との会話がすれ違い交渉が決裂した場合、一体どうなってしまうのか? 井手はずっと柔和な表情で次郎の緊張をほぐしながら話を進めていたが、よくよく思い返せば井手の言葉の中には仮にZERO SUITが制御不能と判断したならば処分もやむなしと取れないでもない言い回しが何度かあった。

　やばい。もし俺のせいでＳＵＩＴが解体されでもしたら、この中に宿っている彼も……。

「おい……ゼロ」

　呼びかけるが返事は無い。かれこれ一〇分程こうして声を掛けてもＺＥＲＯは無言のままだった。もしかして電源が切れてる？　でもメンテナンスは終わった筈だ。カプセルのインジケーターもＳＵＩＴが万全のコンディションにあることを示している。次郎が装着するインカムとの接続も良好、ミュート等がかかっていないことも確認した。だったら何で無視されるのか？　とにかくこのままではまずい。何とか今の状況を伝えないと。

「おい、ゼロ！　俺の声が聞こえるか⁉　ゼロ！」

　思わず次郎が大声で叫ぶと、

『ああ。聞こえてる』

　インカムにＺＥＲＯが答える。

「……よかった」

ほっと安堵する次郎に、

『どうした？　次郎』

とZEROが尋ねる。

「それはこっちのセリフだって。何度話しかけてもウンともスンとも言わないから」

『……夢をみていた』

「……夢？」

次郎は驚く。ZEROも夢を見るのか。一体どんな夢を――

『故郷の夢だ』

「……」

まるで次郎の心の声に答えるようにZEROが言った。

故郷の夢。それは楽しい夢だろうか。それとも……。

『それで？』

次郎の思考を遮るようにZEROが言う。

『次郎は、俺に何か話があるんじゃないのか？』

そうだ。そうだった。ちゃんと伝えないといけないことがあったのだ。

次郎は一つ咳払いをすると、しっかりZEROを見て、話し始める。

「ゼロ。君は今、自分が置かれている状況は理解してるよね？　こうして科特隊本部に俺と一緒にいる、この状況を」

『ああ。理解しているつもりだが』

静かにZEROが答え、次郎の脳裏にここにくるまでの経緯が思い返される。

異世界の氷の惑星に飛ばされたZEROと次郎はグインペ星人を倒した直後、もう一人のZERO――LOPSの襲撃を受け、行動不能状態に陥った。次郎はZEROに装着を解除して逃げるように言った。自分はどうせ助かりはしない。

そう判断したからだ。

だがZEROは次郎の言葉には従わなかった。ZEROは次郎を見捨てなかった。もしあの時、SEVEN――諸星に間一髪で助けられなかったら、ZEROと次郎は今ここにはいなかっただろう。

『次郎。俺に伝えるべきことがあるなら、早く言え』

「……ああ。実は……」

次郎はZEROに促され、井手から依頼された内容を全て伝えた。もしZEROの同意が得られなかった場合は最悪の状況になるかもしれないということも。

『俺に異存はない』

ＺＥＲＯが答える。

『お前たちと共に戦う。俺の星を滅ぼした……奴らを倒す為に』

その声に微かな怒気が滲む。

次郎はその怒りの理由を既に知っていた。垣間見たビジョン。それはＺＥＲＯから伝わった凄惨な記憶だ。謎の侵略者によってＺＥＲＯの母星は蹂躙され、親しい者は全て殺され、ＺＥＲＯだけが生き残ったのだ。

「ＺＥＲＯを逃がしてくれた師匠さんて……どんな人だったの？」

次郎の問いにＺＥＲＯが沈黙する。

「あ、ごめん。別に、答えなくてもいいよ。つらいこと……思い出させちゃったね」

慌てて次郎が言うと、

『大きな人だった』

ポツリとＺＥＲＯが答えた。

『親がいなかった俺を実の子供のように育て、戦士として鍛えてくれた』

それだけ言うとＺＥＲＯがまた沈黙する。きっと亡き師匠の事を思い出しているに違いない。

大きな人。次郎にはそう表現したＺＥＲＯの気持ちがわかる気がした。次郎もまた、大きな人を失っていた。子供の頃からずっと憧れていた父。優しく厳しく、そして不死身の男とみんなから呼ばれていた。強くて大きな父。次郎にとって父はまさしくヒーローだった。

その父が病魔に冒され、死んだ。生存不能と誰もが絶望したトンネル事故から奇跡の生還を果たした父が。その時の絶望感と喪失感は今でも胸にはっきり刻まれていた。

ＺＥＲＯにとっても師匠はヒーローだったに違いない。しかもその憧れの存在をＺＥＲＯは殺されたのだ。目の前で。その時の怒りと悲しみは想像を絶する。

次郎は沈黙した。

井手に依頼されたことは既に確認できた。ＺＥＲＯは共に戦うと明確に意思表示したのだ。これ以上、ＺＥＲＯが体験した過去のことをあれこれ聞く必要は無い。そろそろ執務室に戻って井手に報告しよう。

そう思い次郎が立ち去ろうとした時、ふとその足が止まる。一つだけ、次郎にはずっと気になっていたことがあった。それを確かめようと、再びＺＥＲＯに尋ねる。

「君は、何で俺を選んだの?」

ZEROが首を動かし、無言で次郎を見つめる。

『何故、そんなことを聞く?』

逆にZEROに聞かれ、次郎は少し戸惑う。

子供の頃から父の影響でヒーローになりたいと思っていた。巷でULTRAMANの噂が広がり始め、実際にニュース映像で本物のヒーローが人々を救っている姿を見た時は興奮のあまり大声で叫んでいた。俺もULTRAMANになりたい。でもそれは叶わぬ夢だとどこか諦めていた。いくら望んでもなれないものはある。だけど次郎はなった。憧れのヒーローとなって侵略者と戦ったのだ。喜びと同時に次郎の中にある疑問が浮かんだ。

本当に俺でよかったの?

ULTRAMANになれるのは、次郎のようなどこにでもいるような普通の人間ではなくて、もっと特別な人間だと思っていたからだ。

ならどうして次郎は選ばれたのか? 偶然? たまたまそこにいたから? それが一番合理的で納得のいく答えだった。だが、ZEROは全く予想もしなかった言葉を口にした。

『お前が、俺の師匠に似ていたからだ』

「……え?」

聞き違いだと思った。俺がZEROの師匠と似ている。いや、ありえない。

「どこが……?」

反射的に聞き返す次郎を見つめ、ZEROが言う。

『あの女性を救おうと、次郎、お前は迷うことなく命を賭けた。最後まで諦めず、守ろうとした』

そういえばそうだった。

次郎は思い出す。あの時は無我夢中だった。突然のレギオノイド群の襲来の中、次郎はアンナを救おうと必死だった。自然と命を賭けていた。

『俺が子供の頃、俺の師匠も同じように守ってくれた。俺の為に命を賭けてくれた。最後の……あの時も』

「……そうか」

そんなつもりは無かったが、結局はZEROにつらい記憶を思い出させてしまった。

また「ごめん」と次郎が謝ろうとした時、

『あの女性は、お前の恋人なのか?』

「……え?」

『お前は、あの女性を愛しているのか?』

思わず次郎が固まる。おいおい、いきなり何を言い出すんだ?

アンナはただの幼なじみだ。恋人なんかじゃない。そういえば前に進次郎にも同じことを言われた。どうしてみんなそう思う? つまりそう見えるってこと? ないでしょ。絶対ない。

『そうなんだな』

いや、ちょっと待て、ZERO。勝手に納得するな。

慌てて次郎が否定しようとした時、不意に背後の扉が開いた。

「やあ、ご苦労様」

次郎が振り向くと井手の柔和な笑顔があった。

「あ、はい。……えっ!?」

次の瞬間、次郎は思わず一メートルほど後ずさっていた。何故なら笑顔の井手の横には、背広を着た、単眼の頭に触角を持つ異星人が立っていたのだから。

「あー、驚かせたかな。彼はエド。科特隊の、いわゆる特別顧問だよ」

確かに驚いた。科特隊本部に来てから次郎は驚きの連続だったが今が一番驚いた。

「よろしく」

紳士然とした物腰で右手を差し出すエドに、

「……こ、こちらこそ」

未だ混乱する気持ちを何とか押さえつつ、次郎はその手を握った。

「どうやら我々との共闘の確認はとれたようだね」

無感情な声でエドが言う。

やっぱり会話は全て聞かれていたらしい。

「歓迎するよ。ゼロ」

次郎の手を離すとエドがＺＥＲＯを見つめ、言った。

「我々も君をそう呼ぶことにするよ」

ＺＥＲＯは無言のまま頷く。

まだ次郎にはこの不気味な異星人の言葉を素直には受け入れられない感覚があったが、何にせよ、ＺＥＲＯが解体処分されずにすんだのは素直に嬉しかった。

「薩摩くん」

「……あ。はい」

唐突に井手に名前を呼ばれ、次郎が慌てて答えると、

「一緒に来てくれないか」

「……はい」

促されるまま、既に歩き出した井手のあとを次郎は追った。


同日・同時刻、上海——。

病室に諸星と進次郎がやってきた時、女性はベッドで身を起こし、無表情に二人を見返した。医師たちに聴取の許可を取ると、諸星は女性に質問を始める。

「まずは、僕らの言語が理解できるか？」

「……はい」

小さく頷くと女性が答えた。

「君の名前は？」

しばらく女性は沈黙し、

「……わかりません」

「わからない？」

「思い出せないんです。何も」

「記憶喪失……？」

思わず進次郎が呟く。

「なら自分がどこから来たのかも、何故追われていたのかも、まるで覚えてないということか？」

やや厳しい声で諸星が確認する。

「……はい」

「そうか」

明らかに失望した表情を諸星が浮かべる。いつも無表情で何を考えているか分からない諸星にしては珍しいリアクションだ。そう進次郎が思うと、

「すいません」

女性が諸星から視線を逸らすように目を伏せる。また沈黙が流れた時、

「マヤ」

唐突に諸星が言った。

「……え？」

女性が顔をあげ、諸星に視線を戻す。

「いや。なんでもない」

そういうと、諸星は病室を出ていった。


「前に北斗から聞きました」

進次郎も病室を出ると、諸星に追いつき、言った。

「不時着した宇宙船のコクピットで初めてあの女性を見た時、諸星さんが、マヤって呟いたって」

「……」

無言で早足に歩く諸星に更に進次郎が言う。

「もしかして諸星さん、彼女と知り合いなんですか?」

すると諸星が立ち止まり、答える。

「マヤというのは……昔、知っていた女性の名だ。彼女はマヤによく似ている。いや、瓜二つだ」

「だったら本人なのかも」

「いや、違う」

「どうしてですか？　記憶を失ってるだけで、彼女も諸星さんのこと――」

「マヤは……もう死んだ」

「……え？」

「僕が……殺した」

それだけ言うと立ち去る諸星。

「殺した……？」

茫然と立ち尽くす進次郎。


病室の中、そのやりとりをマヤは全て盗聴していた。そして――、
マヤは今まで感じたことのない不可解な感覚に戸惑っていた。

「何だろう……これ……」

胸の奥から湧き上がるこの感情は何だろう？

マヤという名も、この顔も、全て彼女のものでは無い。この惑星に来て最初に接触した諸星という男の記憶を読み取り、深層心理下で強く意識されている女性の姿形をコピーしたに過ぎない。目的は敵の懐に入り込むためだ。その作業を彼女は今まで幾度となく繰り返し、敵の情報を収集してきた。

だが、こんな感情が芽生えたのは今回が初めてだった。

一体これはどういうことなのか全く理解できない。彼女は困惑し、決断した。

原因を確かめようと。


「ここは……？」

次郎が井手に案内されたのは、同じ形のドアが並ぶ地下ブロックの一室だった。

飾り気のない作り付けのベッドにテーブル、冷蔵庫、クローゼットにスタンド、バスルーム……ちょっとしたビジネスホテルを思わせる。

「短い間だが好きに使ってくれていい。足りないものがあったら運ばせるから。次だ」

戸惑う次郎をよそに、部屋を出た井手はすたすたと廊下を進んでいく。

「食堂はそこの奥、ランドリーは手前を右。で、この階段を降りると――」

「ちょ、ちょ、ちょ、井手さん？」

井手を追ってまろぶように階段を下りた先は、数フロアぶち抜きの広大なホール、いや体育館だった。プールやジム、シューティングレンジも併設されている。

「多目的操練場《マルチパーパス・アスレチック・センター》、通称《MAC》《マック》だ」

井手が、ジャージ姿で首からホイッスルを提げたにこやかな壮年男性を示す。

「紹介しよう、MAC筆頭教官の川上鉄太郎君。じゃ、後は頼んだよ」

井手は、次郎ではなく川上の肩を叩き、タブレットを手渡して「ああ忙しい」と小走りで駆け去ってしまった。

「井手さあああん！」

立ち尽くす次郎の声はもう届かない。

その間、川上は受け取ったタブレットに指を滑らせている。

「クレーン・デリック、玉掛け、足場、鉄骨、施工、電気にコンクリ……なるほど建設畑か」

次郎の保有する免許や資格だ。プロフィールが表示されているのだろう。

そして無遠慮に服の上から次郎の肩や手足を掴み、筋肉量を確認する。

「素材も悪くない。こりゃあ鍛え甲斐がありそうだ、うん」

「あ、あの……」

もの問いたげな次郎の顔に、ようやく気付いたようだ。

「え、何も聞いてないの？」

なんでも川上は、次郎を曲がりなりにも一人前の戦士に仕立て上げるため、突貫で知識と技能を叩き込むべく井手に指名された新米教育のエキスパートなのだという。

考えてみれば当然だ。たまさかZERO SUITの装着者に選ばれ、U警備隊ひいては科学特捜隊の末席に名を連ねたとはいえ、次郎は一介のクレーン運転士に過ぎない。遅きに失した感は否めないが、戦闘要員としての教育と訓練は必須に決まっている。

とはいえ、ULTRAMAN SUITは装着者の挙動に追従する。操縦訓練は必要ない。必要なのは、装着者自身の訓練だ。体力の錬成、心身のコントロール、場に臨んだ際の所作、認識力、洞察力、判断力、思考回路の切り替え等々。マスターすべき事柄は膨大に存在するが、わずかな訓練期間では多くは望めない。頭で考えるより先に適切な反応ができるまで繰り返す。脳ではなく肉体に、末梢神経に刻み付ける。加えて座学もある。最低限の戦略・戦術の基礎、装備品の機能・構造と整備手順、各種機材の扱いと不具合への対処法。マニュアルはあるが基本的なリテラシーが身に着いていなければそれらを読み解くこともままならない。

つまり次郎はこれから科特隊に寝泊まりし、昼夜を分かたず過酷な訓練と勉学に勤しむ予定になっているらしい。最初に案内された部屋は、その間の宿舎ということか。

「本当に聞いてない？」

川上が繰り返す。

聞いていない。井手はとっくに説明した気になっていたようだが、次郎には初耳だった。

「それじゃ、改めてよろしく」

にこやかに握手を求める川上の手を取った瞬間、

「うわ!?」

くるりと天地が逆転し、次郎は床に這いつくばらされた。

「うん、鍛え甲斐がありそうだ」

温厚そうに笑う川上の目に、鬼神の眼光を感じるのは気のせいだろうか。

その様子を、階上のジムからじっと見つめる目があった。

早田である。

科特隊への報告を終えた諸星は自室へと戻った。

そして机の引き出しの奥にずっとしまっておいた小さなクリスタル状のメモリーデバイスを取り出し、作動させる。

諸星の掌の上の空間に、まだ少年だった諸星と笑顔のマヤが映し出される。

彼女は死んだ。いや、死んだはずだとずっと思い続けてきた。自分のせいで。

だが、もし生きていたら……。進次郎が言う通り彼女はマヤ本人で、記憶を失っているだけだとしたら……。やはりあり得ない。身勝手な願望に過ぎない。

「マヤ……」

思わず呟いた時、急に背後の扉が開き、諸星が振り返る。

「……どうして……」

茫然と呟く諸星の前に、あの女性――マヤが立っていた。

マヤは無言で近づくと、すっと手を伸ばし、諸星の額に当てた。

同時に諸星は目を閉じ、眠った。

神経系統を一時的に麻痺させたのだ。そして更に諸星の記憶の底に眠る、マヤという女性に関する情報を読み取った。

諸星の記憶には、彼の心に深い傷を刻み、性格形成、思考、行動に大きな影響を及ぼした二つの事件があった。

最初は六歳の時、外交官だった両親を赴任先の星でテロリストに殺害され、双子の弟が誘拐された。弟は今も行方不明。

そして二度目は……。

両親を殺され孤児となった諸星は、親類の元に行くのを拒否し、自らの意志で星団評議会が運営する養成施設に入った。そこでは多くの少年少女が高度な科学知識を学び、戦闘訓練も行っていた。目的は優秀な戦士を育てることだ。

幼い諸星は強くなりたかった。強くなれば、これ以上何も奪われることはない。そう考えていた。だから日々の訓練を人一倍努力した。休日に遊ぶこともなく、友人を作ることもなく、ただひたすら訓練に打ち込んだ。

そんなある日、諸星は彼女と出会った。

出会ったのは諸星が時折訪れる自然公園だった。特に夕暮れ時の景色が美しく、それは幼いころに両親と弟と一緒に眺めた夕日を思い起こさせた。だが夕日は諸星の心を癒しはせず、深い悲しみと強い怒りを呼び覚ました。

「どうして?」

不意に声がし、諸星が振り向くと、同い年くらいの少女がいた。

「どうして、そんな怖い顔で夕日を見てるの？」

「……関係ないだろ」

冷たく言い放つと諸星はその場を立ち去った。

だが数日後、諸星が同じ場所に行くと、また少女がいた。どうやら彼女もこの場所が好きなようだった。最初は言葉を掛けられても無視するか生返事だったが、そうして何度も会う内に、少しずつ話をするようになった。

少女の名前はマヤ。諸星と同じ星の出身だった。

共通点は他にもあった。マヤも両親を失い、一人ぼっちだった。

あるテロ事件に巻き込まれ、両親と生き別れとなったのだ。そしてマヤは、いつか両親が自分を迎えに来てくれると固く信じていた。

似たような境遇の二人は自然と距離が縮まり、まるで兄妹のように仲良くなり、共に成長した。友人のいなかった諸星にとって唯一、心を許せる相手がマヤだった。

だがマヤとの距離が近づけば近づくほど、ふと恐れを抱くようになった。誘拐されて行方不明の弟のことを思い出すからだ。もう何も奪われたくない。奪わせはしない。そう強く決意した心が揺らぐのだ。もしマヤを失ってしまったら……そんな思いが膨らみ、いつしか諸星はマヤを遠ざけるようになった。

「どうしたの？　最近、何だか冷たい」

諸星が一八歳、マヤは一七歳になっていた。

「私、何か悪い事した？」

「いや」

「だったら、どうして？」

「……」

二人は最初に出会った自然公園にいた。その日の夕日は美しすぎて、諸星の心を暗くざわつかせた。

「なんで、いつもそんな目をするの？　ねえ、私のこと、見えてる？」

諸星は答えなかった。答えれば、今までの決意が揺らぐ、そんな気がしたからだ。

「さよなら」

それがマヤと最後に交わした言葉となった。

その夜、養成施設が謎の異星人の襲撃を受け、多くの人間が殺された。

諸星は生き残ったが、マヤの姿は無かった。

一番恐れていたことが現実となってしまった。諸星は瓦礫の中を必死にマヤを探した。そして彼女がいつも持ち歩いていたバッグを見つけた。黒く汚れたバックの中にはメモリーデバイスがあり、諸星とマヤが一緒に撮った写真と、マヤの諸星へのメッセージが残されていた。

公園で別れた直後、吹き込まれたものだった。

マヤはその日の朝、ある連絡を受けていた。行方不明だった両親が死亡していると確認されたのだ。

……迎えは来ない。

ずっと信じていた希望を打ち砕かれたマヤは諸星に慰めて欲しかったはずだ。一緒に悲しんで欲しかったに違いない。それなのに……。

諸星は悔やんだ。残酷な仕打ちをしてしまった自分に怒りが沸いた。

マヤは……僕が殺したようなものだ。


「……!?」

ふと諸星は目を覚ました。部屋には他に誰もいない。

この部屋にマヤが現れた。あれは夢だったのか……？　いや、違う。確かに彼女はここにいた。手に握られたままのメモリーデバイスを見つめると、諸星はマヤがいる医療施設へと向かった。

だが予想した通り、そこにもマヤの姿は無かった。


『何故、余計なことをした？』

病室を抜け出し、人目につかない場所に身をひそめるマヤに、異空間からムキシバラ星人が問い詰める。

『誰があの人間の記憶を調べろと命令した？』

「私の……意志で」

『お前の意志だと？』

「もっと諸星という男のことを知れば、何か計画に利用できるかと」

『黙れ！』

ムキシバラ星人が一喝する。

『お前に自分の意志など必要ない！　お前はただ私の命令にだけ従っていればいい！』

そうだ。ずっと彼女はそうしてきた。なのに何故……。マヤ自身も自分の行動に困惑していた。そして、ある疑問が芽生えていた。

――自分は誰なのだろう？　なんで諸星という男に強い関心を持ったのだろう？

諸星が死んだと思っている女性。もしかしたら、本当は――

『おい、何を考えている！』

ムキシバラ星人の声がマヤの思考を遮った。

『もし次に勝手な真似をしたら、お前を処分する』

「……わかりました」

余計な考えは危険だ。任務に集中しよう。それ以外に彼女が生きていける道は無いのだから。

『では次の命令だ』

ムキシバラは最初、ＺＥＲＯ ＳＵＩＴに関する情報を集めるようマヤに命令した。そしてＬＯＰＳ ＺＥＲＯという思わぬ収穫を手に入れた。

だが収穫はそれだけでは無かったのだ。

科特隊という組織には、かつてこの星に飛来したウルトラマンの因子を受け継ぐ人間がいることが分かったのだ。

早田進次郎。

この人間を連れ去り、献上すれば、きっと偉大なるあのお方がお喜びになる。あのお方はウルトラマンという種族に強い関心を寄せているのだから。

ムキシバラ星人はマヤに進次郎の誘拐を命じた。

諸星の進言により、仮設指令室の警戒レベルは二段階引き上げられた。人ひとりが消えたのだ。それも厳重な監視下にあった人間が。カメラ映像は、マヤが病室を出て以降の足取りをまったく記録できていなかった。人為的な改竄の痕跡もない。これが外部からのハッキングによるものだとすれば驚愕すべき技術力である。

結論から言えば、マヤは意外なほどあっさり見つかった。ＥＰＳ（電気配線シャフト）点検扉の前に、意識喪失状態で倒れていたのだ。彼女は再び病室に戻され、警備部門の隊員二名による二四時間監視体制が敷かれた。

だが無駄なこと、マヤにとって物理的な肉体など単なる道具の一つに過ぎない。電子生命体である彼女の意識は既に中央監視ネットワークの中にあり、ある人物に狙いを定めていた。言うまでもない。早田進次郎である。進次郎が自室に戻った瞬間を見計らい、マヤはあらかじめ切り離しておいた意識の一部を呼び起こす。

零下二四〇度の極寒の世界で、虚ろな甲冑が目を覚ました。


次郎の訓練が開始されてから、幾日が過ぎただろう。

実際、川上は優秀なトレーナーであり、最良のインストラクターだった。

トレーニングメニューは想像以上にハードで容赦のない厳しいものだったが、すべてにおいて科学と経験に裏打ちされた根拠があり、次郎が尋ねれば淀むことなく説明してくれた。食事や休息にもケアが行き届き、次郎の口は悲鳴を上げこそすれ不平不満を漏らすことはなかった。そんな余裕が存在しなかっただけかもしれないが、ともかく投げ出すことはなかった。

いっぽう川上にとっても、次郎の上達ぶりは想像以上だった。

職業柄、身体が出来ていることに加えて筋が良く、勘も良い。学校の授業以外に格闘技やスポーツの経験はないというが、これも職業柄だろう、体幹が強く平衡感覚に優れている。高所を恐れず、空挺降下訓練も難なくこなした。目配りが利き、危険を察知する能力に長け、直感的に適切な体勢をとる。失敗を引きずらず、即座に次の行動に意識を向けることができる。

弱点もある。フィジカルの疲れが出るのだろう、深夜に及ぶ座学の時間が欠伸がちになるのは無理からぬところか。しかし機械工学や電気回路に関する基本は既に身についており、いちど理解すれば習得が早い。射撃はエイミングに難があるものの、これはＳＵＩＴ側である程度底上げできる。動体視力や銃器の操作に問題はない。もっとも、次郎自身は火器や刃物をあまり好まないようだ。無意識に標的の急所を避ける傾向がある。

かたや、近接では槍術・棒術に適性を発揮した。非殺傷兵器という認識があるのか、また日頃現場で長物に慣れ親しんでいるのか、扱いが巧みで逡巡が見られず、上達ぶりも突出している。ＺＥＲＯ ＳＵＩＴの専用装備にゼロランスがあることを鑑みれば、頼もしい限りだ。

総じて、文句なしの逸材といっていい。一年、いや半年あれば精鋭と呼べるレベルにまで育て上げることができるだろう。しかし許された訓練期間はあまりにも短い。

その弊害が、慢心だ。短期間で目覚ましい成果を収め、昨日できなかったことが今日はできる。最初は一方的に倒されていた立ち合いで、いい勝負ができるようになる。ともすれば教官から一本取りかねないところまで肉迫するようになる。

そこが危ない。

次郎が得意とするランスでの組み打ち稽古だった。今日は行けると意気込む次郎は、倒されても倒されても「もう一回！」と食らいついた。

――やれる。これなら倒せる。

川上には、そんな次郎の心の声が聞こえてくるようだった。

次郎の力任せの一撃を受け流し、体が泳いだところへ手痛い一撃を食らわせる。

「今日はここまで」

しかし次郎はなおも「もう一回！」とランスを構える。汗みずくの顔に、「今度こそ勝てる！」と書いてある。ベテラン教官を打ち負かして「参った！」と言わせてやると。

良くない心構えだ。戒めがいる。しかし、さすがの鉄人・川上も、スタミナでは若い次郎に一歩譲る。さて、どうしたものかと思案する川上の横手で、重い扉が開いた。

「私が代わろう」

入ってきたのは、ＵＬＴＲＡＭＡＮ ＳＵＩＴを纏った人物だった。

「ウルトラマン……進次郎君？」

驚く次郎だったが、すぐに思い違いに気付いた。進次郎はいま上海にいるはずだし、声も背格好も明らかに別人だ。何よりＳＵＩＴがシルバーではない。次郎がＺＥＲＯ ＳＵＩＴを初めて見たときのような、黒光りのするガンメタルだった。

そう思えばデザインも少し異なる気がする。試験機か何かなのかもしれない。

「まさか、あなたにこんなことさせられませんよ」

川上教官は彼の正体をご承知のようだ。目上の人物らしい。

「いいんだ。リハビリの一環さ。こいつの慣らしにも丁度いい」

体をほぐすように軽く跳ね、手足を振るＵＬＴＲＡＭＡＮ。

その声、話し方、姿勢、物腰、そして川上の態度。

そこそこの高齢者に違いない、と次郎は踏んだ。

――え？　交代？　こんなお爺さんが？

戸惑う次郎に、

「手加減はいらんぞ。私も手加減はしない」

とＵＬＴＲＡＭＡＮが腰に手を当て胸を張る。

老いなどまったく感じさせない、堂々たる王者の姿だった。

「スーツを着たまえ。怪我をするといけない」

川上を見やると、無言で頷いた。

「じゃあ、遠慮なく」

次郎は左腕のポインターデバイスを操作し、ZERO SUITを装着した。ガンメタルのULTRAMANは、IFF（敵味方識別装置）には「reserved」としか表示されない。モードをtrainingに合わせた。ビームや火器は発射されないがヒットの判定とダメージ計算は行われる訓練用のセッティングだ。

逆に言えば、それ以外の物理攻撃は素通しとなる。

ULTRAMANが低く身構える。既にゴングは鳴ったようだ。

真正面から飛び込む次郎。

いきなり投げ飛ばされる。

合気道？　いや、それとは違うような。

何度も投げ飛ばされ、倒れる次郎。

「素直すぎるな。相手も生きているんだ。フェイントだって何だってやるさ」

川上の不意打ちにもそうそう引っかからなくなった次郎が手玉に取られている。

「直感は大事だが頼りすぎてもいけない。習わなかったか？」

ＵＬＴＲＡＭＡＮは、赤子の手をひねるように次郎を倒し続ける。

ランスさえあれば……そう思った次郎の眼前に、ゼロランスが放られた。

「使いたまえ。私はこれでいい」

ＵＬＴＲＡＭＡＮが何も持っていない自分の利き腕をガチャンと叩く。

熱くなった次郎がランスを振るう。ＵＬＴＲＡＭＡＮは紙一重で躱し、隙をついてひょいとランスを奪い取っては次郎に投げ返した。格が違うとはこのことだ。

『助けがいるか？』

ＺＥＲＯが次郎の耳に囁く。

「いらない。俺が自分でやらなきゃ、意味ないだろ」

それきり、ＺＥＲＯは黙った。


見つめる川上の傍らに、いつの間にか井手が立っていた。

「どうだい？」

と井手が川上に訊く。

「どっちの事です？」

「もちろん両方さ」

川上は言葉もなく、視線を二人のＵＬＴＲＡＭＡＮに戻した。

見ての通りです――そう言いたいのだろう。

ガンメタルのＵＬＴＲＡＭＡＮ ＳＵＩＴを纏っているのが早田進であることを、この二人は知っている。

川上も井手も、次郎に対する早田の熱意を強く感じていた。


綿が水を吸うようにこちらの意図を理解し、至らぬ部分を克服しようと必死に食らいつく次郎を見つめ、ＳＵＩＴの中の早田は思う。

進次郎も諸星も北斗も、それぞれＵＬＴＲＡＭＡＮとして戦う資質と理由があった。だがこの若者にはそれがない。少なくとも今の段階では。

だが彼はＺＥＲＯに選ばれた。

次郎の勇気とその行動に心打たれたからだとＺＥＲＯは言った。

それが理由になりうるのか。いや、むしろそれこそがＵＬＴＲＡＭＡＮとして戦う理由そのものではないか。同じこの星を守る仲間として。

早田は過去に思いを巡らせる。

自分はかつて光の巨人ウルトラマンとしてこの星の人類を守るために戦った。

だが早田にその記憶はない。

ウルトラマンと分離したあと、井手に見せられた映像記録、そして井手や明子たちからの伝聞だけがその空白を埋めるよりどころだった。

だが早田は自分の体に残されたウルトラマンの因子――記憶によって、当時のことを実感する。

早田はたった一人で地球を宇宙人や怪獣から守っていたのではなかった。

同じ科特隊の仲間たちと共に戦った。彼らがいたからこそ早田はウルトラマンとして戦えたのだ。

今の進次郎も同じだ。

諸星や北斗がいるから共に命を賭け、信頼し合える仲間がいるからこそ戦えるのだ。

この薩摩次郎という青年も進次郎と共に戦うことになるのなら、早田は少しでも伝えたかったのだ。自分が背負って来たことの思いを、この訓練を通して。

早田の訓練を受ける次郎の脳裏に、ふと進次郎の言葉が浮かぶ。

「誰にも言えない秘密を抱えるのは苦しい。まして、自分の大切な人まで騙さなきゃならないのは本当にしんどい。すごくわかるからです。俺、そういう気持ち」

初めて言葉をちゃんと交わした時、進次郎はそう言って、ＺＥＲＯとの約束で正体を隠していた次郎の心を軽くしてくれた。

不思議な魅力と、年齢とは不釣り合いな言葉の重みを次郎は進次郎から感じた。

今はそれがどのようなものだったか少しは理解できる。ＵＬＴＲＡＭＡＮとして戦う者だけが知る使命感と重圧、そして孤独を。

最初はただの老人と思ったガンメタルのＵＬＴＲＡＭＡＮに、次郎は進次郎と同じものを――いや、それ以上の大きなものを感じ取っていた。

この人はウルトラマンだ！

自分が生まれる前に地球を去ったといわれるウルトラマンを、直接には知らない。

だが次郎は、目の前の人物と拳を交わし、そう確信した。

「よし。終わりにしよう」

一度も逆転できぬまま、訓練は打ち切られた。

「あ、あざっした……」

疲労困憊の次郎がＳＵＩＴを除装しへたり込む。

同じくＵＬＴＲＡＭＡＮもマスクを開いて汗を拭った。

「……え？」

見覚えがある。科学特捜隊伝説のエースにして元防衛大臣・早田進。

この人は進次郎の父親だ。本物のヒーローだった人。いや、今もきっと——。

「あの……」

次郎が自分の感じ取ったことを早田に尋ねようとした時、

「進次郎を頼む」

そう早田は言うと、優しく微笑んだ。

間違いなくそれは父親の顔だった。

「……はい！　頑張ります」

次郎が笑顔で答えた時、井手がやや速足で近づいて来た。

「薩摩君。すぐ上海に戻ってもらいたい」

「すぐに、ですか？」

「うん。どうやら何か起こったようだ。そのままでいい。ビートルへ急いでくれ」

わずか数分の後、次郎を乗せたジェットビートルが上海へ向け緊急発進した。平時にはありえない、欺瞞スクリーンと強制消音システムを全開にしての強行軍だ。

その時、次郎はまだ知らなかった。目の前にいる早田の願いに応えるべき事件が、自分とZEROとを待ち受けていることを。

警報が鳴り響く。時空歪曲点に重力変動発生。諸星と北斗が仮設指令室に急行する。

「あれ、先輩は？」

見回す北斗。進次郎が見当たらない。大して広くもない居住区画の中である。遅れる理由はないはずだった。携帯にかけても繋がらず、監視映像にも映っていない。

「またか！」

諸星が吐き捨てる。マヤの行方を見失った状況とまったく同じといってよかった。

「どうなってんだよ！」

果たして、進次郎は自室に幽閉されていた。扉は開かず、電磁的に遮蔽されているのか電波も届かない。幾度も声を上げ、扉を叩いたが、誰からの返答もなかった。

「……こうなったら」

ウルトラマンの因子を受け継ぐ進次郎は、常人ならざる膂力をその身に宿している。本気を出せば、素手で壁をぶち抜くことも不可能ではない。呼吸を整え、いざ拳を叩きつけんと身構えたその瞬間、進次郎の意に反して扉は外から破られた。

「え⁉」

破られた扉の外に立つ者の姿に、進次郎は思わず絶句した。


時空歪曲点に重力変動を引き起こした犯人は、意外な場所から姿を現した。居住区画内部。進次郎の自室付近である。ＵＬＴＲＡＭＡＮ ＳＵＩＴを装着した諸星と北斗が到着したとき、部屋の扉は引き裂かれ、進次郎の姿もなかった。そこに立っていたのはただ一人、黒いZERO SUIT——LOPS ZEROだけだった。

「……こんなところで再会するとはな」

「先輩をどこへやった⁉」

二人に一瞥をくれたLOPS ZEROは、即座に天井をぶち抜きプラットホームへ向かった。また時空歪曲点に退散しようというのか。

「こちらの庭先で勝手はさせん！」

SEVENのソードが進路を切り開き、背中のスラスターを吹かすACEと共に後を追う。しかしプラットホーム上のLOPS ZEROは、既に歪曲点の直近に迫っていた。

「……間に合わないか！」

歯噛みする諸星を尻目に、LOPS ZEROは歪曲点に飛び込もうとする。

ドカッ！　その足元に、奇妙な長槍が突き刺さった。

「‼」

全員が一斉に空を見上げる。上海の夕焼けを切り裂く銀色の飛行体。その後尾に伸び行く飛行機雲からダイブしてくる人影がある。

「……薩摩？」「マジで⁉」

SUITのズーム機能で顔を確認した諸星に、北斗が驚きの声を上げた。

薩摩次郎は空中で左腕を掲げ、ブレス型のポインターデバイスを操作する。直上から降り注ぐ転送ビームの光の中で、次郎はZERO SUITを装着、プラットホームに着地した。右腕にはもう一本、スペシウムの長槍——ゼロランスが握られている。そしてLOPS ZEROの足元に刺さるランスに顎をしゃくり、言い放った。

「使えよ、リターンマッチと行こうぜ」

LOPS ZEROがランスを引き抜く。同時に、ランスのカラーが黒く変化した。穂先にスペシウムを漲らせ、両者が睨み合う。


『待て、薩摩君‼』

耳元に響く井手からの通信に、次郎はつんのめりそうになった。

「何ですか、イイところだったのに！」

『そいつの内部から、進次郎君の生体マーカーが検出された！』

同じ通信を、諸星と北斗も聞いている。

『そのスーツの中に、進次郎君が捕えられている可能性がある‼』

次郎は理解が追い付かない。

「……はい？」

『こちらでも検出しました。間違いありません』

チュー吉の声が念を押した。

「あいつの中に、進次郎君が……？」

ゼロランスを構える薩摩——ＺＥＲＯの前方で、まるで鏡像のごとくダークランスを構えるＬＯＰＳ ＺＥＲＯが、ニヤリと笑ったような気がした。

「早田先輩！　そこにいるんなら返事をして下さい！」

北斗——ＡＣＥが声を上げる。

「無駄だ。おそらく意識を失っている」

諸星——ＳＥＶＥＮがそれを制した。今回ばかりは諸星も進次郎をなじることはできない。つい数時間前、彼自身もマヤに昏倒させられたばかりだからだ。しかしマヤはいま、医務室で厳重な監視下にある。では進次郎を眠らせたのはいったい誰だ？

ＬＯＰＳが仕掛けた。ランスを巧みに操り、一方的にＺＥＲＯを攻め立てる。進次郎はそのスペシウムのエッジを懸命に避け、あるいは自らのランスで受け止める。相手が進次郎とわかれば、致命傷を与えるような攻撃はできない。牽制が精いっぱいだ。

北斗が手首の放射口を開き、ビームの奔流による弓なりの刃を形成した。

「何をする気だ？」

諸星の問いに、北斗は声を低めて答える。

「……決まってるでしょ。先輩に多少痛い目を見てもらってでも、あいつを止めます」

忘れていた。この少年にはそういう剣呑なところがある。幼い頃、異星人のテロに巻き込まれて両親と両腕・両脚をいちどに奪われた地獄の経験……今の手足はヤプールに与えられた精巧な義肢だ。恵まれた環境に生まれ、何の苦労もなくULTRAMANの力を手に入れた進次郎を憎んでいた時期もあった北斗だ。いざとなれば、本当に進次郎の腕の一本くらいは犠牲にしかねない。

――だが今は、その覚悟が必要か。

「駄目に決まってるでしょ！」

二人とLOPSの間に、ZEROの背中が割り込んだ。

「そんなのヒーローじゃない！」

諸星も、思わずソードに伸ばしかけた手を止める。

――こいつ。

もはや阻む者はないと悟ったか、ＬＯＰＳはランスの穂先を返して時空歪曲点に向かう。

「行かせはしない！」

今しも時空歪曲点に飛び込もうとしたＬＯＰＳに、縮地を思わせる神速の踏み込みで食らいついたのはＳＥＶＥＮだ。

その瞬間だった。


……えっ⁉

ＬＯＰＳを動かすマヤの意識に鮮烈なビジョンが流れ込む。

数年前、星団評議会の養成施設が襲われた日の記憶だ。

一七歳だったマヤは瓦礫の中に蹲っている。さっきまで響いていた激しい爆音や悲鳴は既に収まっており、周囲に聞こえるのは燃え盛る炎の音だけだ。

――いや、誰かの声が聞こえる。

思わずマヤが耳を澄ますと、それが自分を探す声だと分かった。

「マヤあああ！　どこだ⁉　返事をしてくれ、マヤあああ！」

──間違いない。諸星君の声だ。彼が必死に私を探してくれているんだ。

マヤが瓦礫の中で立ち上がる。

──私はここだよ。ここにいるよ。

だがその声は諸星には届かなかった。マヤが声をあげようとした時、不意に白い煙がマヤの体を包み込み、意識が混濁する。

そして諸星とは違う声が頭の中で響いた。

──迎えに来たぞ。


はっとLOPSの中のマヤが我に返る。

目の前には時空歪曲点が口を開け、そこに行かせまいと渾身の力でLOPSにしがみ付くSEVENがいた。

……今のは……何……？

諸星の記憶が流れ込んだのか？　……違う。そうじゃない。今見たのは明らかにマヤという名の女性の記憶だ。でも……何故その記憶が……私の中に……？

マヤの意識が混乱する。

……何故？　……何故？　……何故……!?

ＬＯＰＳの動きが止まった。

刹那、ＳＥＶＥＮが一気にＬＯＰＳ　ＺＥＲＯを時空歪曲点から引き離し、逆方向へと投げた。

「よし！」「いいぞ、諸星さん！」

ＺＥＲＯとＡＣＥが投げ飛ばされたＬＯＰＳを左右から捕まえた。

「進次郎君を返せ！」

ＺＥＲＯ　ＳＵＩＴを装着する次郎が、強引にＬＯＰＳの外装をこじ開けようとする。

……逃げなければ。

マヤの意識が焦る。だがＡＣＥに羽交い絞めにされ身動きが取れない。

片手でダークランスを振るうも、気休めにすらならなかった。

「うおおおおおおおお！」

更にＺＥＲＯが力を込める。ミシッ。ＳＵＩＴの一部が軋んだ。ＳＥＶＥＮもその僅かな間隙にスローイングナイフを差し込み、ＺＥＲＯと共に力を籠める。

「もう少しだ！」

……まずい。このままだと――

『何をしている！』

動揺するマヤの意識に直接、ムキシバラ星人の怒声が響く。そして――、
ベキベキベキ！

硝子が砕け散るような不快な音が周囲に響く。ACEは遂にLOPSのスーツがZEROとSEVENによって引き裂かれた音かと思った。だが違った。

「あ、あれは……⁉」

信じがたい光景を目にし、思わずACE――北斗が叫ぶ。

SEVENとZEROもACEの視線の先に目をやる。

「……嘘だろ」

茫然と次郎も呻いた。

突如、まるで硝子のように空が割れたのだ。

それを凝視するACEの力が緩んだ。

……今だ。

LOPSがACEの腕を振りほどき、猛然と逃げ去る。

「しまった！」

SEVEN、ZERO、ACEが慌てて後を追う。LOPSが向かうのは時空

歪曲点ではなく割れた空だ。ポッカリ口を開けた空の中は赤黒い異空間が広がっていた。

「逃がしはしない！」

ＳＥＶＥＮの放つスローイングナイフがＬＯＰＳに命中する。体勢を崩し、減速するＬＯＰＳに一気に三人が迫った時、割れた空の中から大量の黒い影が飛来した。

「こいつらは……！」「あの時の……！」

ＳＥＶＥＮ――諸星とＺＥＲＯ――次郎が同時に声を上げる。

黒い影の正体はトガラメ星人。

次郎が死んだ父親の命日に訪れた思い出のトンネルで遭遇した異星人だ。その時、間一髪で次郎の命をＳＥＶＥＮ――諸星が救ってくれたのだ。

だが諸星はこの醜悪な異星人をもっと前に目撃していた。

養成施設が全滅した、あの夜に。

まさしく今と同じように空が割れ、その中から飛来した大群を。

――こいつらがマヤを殺したのだ。

強い怒りが諸星の中で蘇る。

――こいつらが！
ＳＥＶＥＮはトガラメ星人の大群に真正面から飛び込むと、次々に撃破する。
その強烈な諸星の感情が、記憶が、再びマヤの中に流れ込む。
初めて夕日の自然公園で出会った時の記憶。
共に養成施設で暮らした日々の記憶。
両親の死を知り、もう迎えが来ないと知った日の記憶。
諸星に自分の思いを伝えようとし、心がすれ違った時の記憶。
全ては……誰の記憶なのか？　誰の……？
……私は……私は……私は……
激しく動揺し、動けぬＬＯＰＳに猛然とＳＥＶＥＮが迫る。
『早く飛び込め！』
またもムキシバラ星人の怒声がマヤの意識を我に返らせる。
『早くしろ！』
「は、はい！」
紙一重でＳＥＶＥＮが伸ばす手を躱し、ＬＯＰＳが加速。空の亀裂へと向かう。
「待て！」

猛然と追跡するＳＥＶＥＮ。そしてＺＥＲＯ、ＡＣＥ。

だが割れた空の中から複数のトゲが飛来し、まるで追尾ミサイルのようにＳＥＶＥＮたちを襲う。

「アイツは……！」

ＳＥＶＥＮたち三人が同時に割れた空の中に、トゲミサイルを放った異星人――ムキシバラ星人の異形の姿を見る。

「地球人ども！　我々の邪魔をするな！」

ムキシバラ星人は右手を前に突き出すと強烈な火炎放射でＳＥＶＥＮたちを攻撃。

同時にＬＯＰＳが割れた空の中に逃げ込む。

「進次郎おお！」「早田先輩！」

尚もＳＥＶＥＮたち三人が追撃。だが――ＬＯＰＳが飛び込んだ直後、無情にも異空間への扉は閉ざされた。

「すまん……すまん早田」

科特隊地下指令室へ到着した早田進に、井手は床に手を突かんばかりに低頭した。

「よしてくれ、まだそうと決まったわけじゃない」

早田が五〇年来の親友の肩に触れる。

「始めよう」

ゼットン星人エドがブリーフィングの開始を宣言した。

その言葉を、遠く上海のダイブハンガー仮設指令室でモニターを見つめる諸星と北斗、そして次郎も聞いている。進次郎がLOPSに連れ去られて三時間余り。対策を立てるために状況の整理と情報の共有が必要だった。


まず現段階で判明している事実。

LOPS ZEROが飛び込んだ空の亀裂は、観測データとグランドームの監視ログを突き合わせた結果、九六パーセント以上のパラメータが一致し、両者は同じ時空に繋がっていた公算が高いと推論された。今までグランドームの時空歪曲点のみが異なる時空に通じる扉と考えられてきたが、別の可能性の存在も検討する余地が出てきたわけだ。

「ムキシバラ星人だ」

亀裂の向こうに見えた異形の異星人の映像を確認するなり、エドが断言した。

高度な文明を築き、高い技術力を誇る種族だが閉鎖的で他星との交流はないに等しく、不明な点が多いという。このような時空転移技術を手に入れたなら星団評議会が認識していないはずはないのだが、そうした記録はなく、この現象自体がガタノゾーア召喚に伴う時空擾乱《じょうらん》によりもたらされた副産物なのかもしれない、というのがエドの見解だった。

「……まだ終わってはいないということか」

諸星の呟きに頷いてみせる次郎だったが、もちろんチンプンカンプンである。


とはいえ、彼にも理解できることがあった。

時空の亀裂から殺到したトガラメ星人は、次郎も知る異星人である。

また、諸星が身を寄せていた養成施設を襲ったのも同じトガラメ星人だった。

今回の顛末から、彼らがムキシバラ星人の手先であり、さらには再三レギオノイドを送り込んできたまだ見ぬ敵、そしてZERO SUITに宿る戦士の故郷を滅ぼした仇敵とも同根であることは今や疑いようがない。

そしてレギオノイドに追われる逃亡者として保護した記憶喪失の女性も敵の工

作員であり、進次郎の誘拐に関わっていたと考えれば、彼女の不可解な行動の多くに説明が付く。

「まんまと一杯食わされたってわけですね。助けるんじゃなかった」

北斗の率直な感想を、次郎が否定した。

「それは違います！」

全員が次郎を見る。

「何度騙されても、裏切られても、助けを求める人を見捨てちゃいけない。そうでしょ⁉」

『……その通りだ』

次郎の主張を、モニターの向こうの早田が支持した。

北斗はまだ何か言いたげな様子だったが、殊勝にも口をつぐんだ。

諸星が別の疑問を提示する。

「だとすれば、別の宇宙からの侵略は何年も前から始まっていたことになる。ガタノゾーアの召喚が原因なら、おかしくはないか？」

『二つ考えられる』

エドが二本の指を伸ばして答えた。

『一つはもともとこの宇宙で侵略計画を進めていたムキシバラ星人が、時空攪乱以降に異界の勢力の傘下に入った可能性』

伸ばした指の一本を折って続ける。

『いま一つは、時空攪乱が空間だけでなく時間をも侵蝕し、過去と未来に向けて広がりつつある可能性だ』

全員が絶句した。

『後者の方が、より深刻だな』


だが、いま最も優先すべきは進次郎の奪回だ。

幸い、次郎がＬＯＰＳ ＺＥＲＯにくれてやったランスの量子ビーコンを検出することで、それが存在する時空のパラメータを特定することは可能だった。

「大金星じゃないですか！」

北斗が次郎の背中を叩く。

そんな意図などなかった次郎は戸惑いを隠せないが、

「まあ結果オーライというところだろう」

という諸星の言葉に頬を緩めた。

しかし、もっと重大な問題があった。

ＵＬＴＲＡＭＡＮ ＳＵＩＴだけでは、人間の肉体は時空転移に耐えられない。

だからこそ、諸星の次郎救出作戦にはＭＲ－１が必要だった。

このとき得られた成果を元に、時空界面穿孔システムのダウンサイジングとＵＬＴＲＡＭＡＮ ＳＵＩＴへの組み込みが進められているが、無論ＬＯＰＳ ＺＥＲＯにそんな機能は実装されていない。

「息子が……進次郎が生きている可能性は？」

「限りなく……ゼロに…近い」

早田の問いに、井手は深く頭を垂れ、絞り出すような声で告げた。

「いや、でも俺は時空を超えてもこうして生きてます！」

次郎が自分の胸元を指して反論した。

『君の場合は特別だ』

井手が説明する。次郎が時空歪曲点に飲み込まれた際は、周囲を大量のレギオノイドの残骸に囲まれていた。いわば未知の物質で形作られた分厚い繭に守られていたに等しい。故に、帰還する際にはＭＲ - １に押し込めなければならなかったのだ。

『今だから言うが、あの時も我々は君の生存をほぼ絶望視していたんだ』

「運良すぎ。まさにミラクルマンですよ、薩摩さんは」

図らずも次郎の父親の綽名を言い当てた北斗の賞賛も、当人の耳には届いていなかった。

「そんな……」

ではあの時自分が止めに入らなければ、無傷ではないまでも進次郎の命を救えていたかもしれないということなのか……？

沈黙を破ったのは、エドだった。

「たとえ死体になっていたとしても、彼を敵の手から奪回してもらいたい」

「エド？」

人間味を感じさせないエドにしては、意外な言葉と井手には感じられた。

早田がかすれた声で制止する。

「駄目だ。息子のためにこれ以上誰かを危険に晒させるわけにはいかない」

「私は憐憫や感傷から言っているのではない」

一同がエドに疑問の目を向ける。

「ウルトラマンの因子は我々にとっても最大の関心事のひとつなのだ。我々の秩序の安定を維持するためにも、因子を侵略者の手に渡すわけにはいかない」

抑揚のない声でエドは言った。

「……すまない」

早田の言葉の意味を測りかねてか、エドがわずかに首を傾げる。


「わかった。必ず取り返す」

諸星が腰を上げる。

次郎も無言で立ち上がった。

理由なんかどうでもいい。同僚を、友人を、年端もいかない少年を、危険な場所から救い出し、待っている父親の元に送り届ける。命を賭ける価値のある仕事だ。

再び時空を超えた救出作戦が開始された。

異空間への突入を前に、次郎は久しぶりにある女性と会っていた。

尾崎アンナ。つい数週間前までダイブハンガー建設現場で働いていた同僚であり、次郎の幼馴染みだ。

エクスベス星人とレギオノイド群の襲来により工事が中止となってからもアンナは、今は臨時指令室となったプラットホームに隣接する居住施設で暮らしていた。

次郎と同じで、彼女には身寄りも帰るべき家も無かった。

「何だよ、急に呼び出したりして」

アンナは明らかに不機嫌だった。

次郎が彼女に最後に会ったのは約一週間前、その時、次郎はアンナと喧嘩別れのようになっていた。原因は次郎が科特隊の隊員になったことを隠したからだった。

「あの時は、ごめん」

深々と次郎がアンナに頭を下げる。

「アンナが怒るのも無理ないよな。俺たち、昔から隠し事はしないって約束してたのに」

「やっぱ、何か秘密があるんだ？」

「……ある」

「私には言えないことなんだ？」

「言えない、て思ってた。でも……今は言わなきゃいけないと思ってる」

「ふ～ん。じゃあ、聞いてあげる」

アンナは腕を組むと、じっと次郎を見つめる。

「俺さ、科特隊に入った」

「へー。そうなんだ」

「え？　驚かないの？　あの科特隊だぞ」

「知ってるよ。科学特捜隊だろ」

平然と答えるアンナに次郎は少し拍子抜けする。こんなに重要な秘密を打ち明けたというのに、まるでリアクションが薄い。

「で、秘密はそれだけ？」

アンナの目が更に強く次郎を見つめる。

「それは……」

一瞬言葉に詰まるが次郎はすぐ思い直す。

話そう。全てを。そう決めてアンナを呼び出したのだから。

「実は俺、新しい友人が出来たんだ」

「友人？　科特隊の人？」

「今はそうかな」

そう前置きし、次郎は言った。

「ゼロって言う名前の、ウルトラマン」

「……」

「で、そのゼロと俺は一心同体っていうか、つまり、俺、ウルトラマンになったんだ」

アンナは表情一つ変えず次郎を見つめている。

冗談と思ったのか？　それとも言いたいことが上手く伝わらなかった？　やや不安な気持ちで次郎が確かめる。

「俺の話……信じる？」

すると、

「信じるよ」

アンナが答えた。

「だって次郎、耳が赤くない。嘘は言ってない」

思わず耳たぶを触る次郎を見て、ふっとアンナが微笑む。

「よかったね。ずっと憧れてたウルトラマンになれて」

そうだ。アンナにはよく話していたんだ。俺は父さんみたいなヒーローになるって。

「でも、どうして次郎がウルトラマンに？」

「それは……」

次郎は初めてZEROと出会った時から今に至るまでのことを少し興奮気味にアンナに話して聞かせた。

「……そうか。それで私に会いに来たんだ」

全て聞き終えたアンナがポツリと呟いた。

「これから行くんでしょ？　危険な場所に」

「……ああ」

次郎はアンナに、自分がゼロと共に次元を超えたこと。氷の惑星で死を覚悟したことも話した。だからアンナは察知したのだろう。また次郎が命がけの任務に臨もうとしているのだと。

「大切な人がピンチなんだ」

次郎の脳裏に早田進次郎の顔が浮かぶ。彼と初めてちゃんと言葉を交わしたのは、アンナと喧嘩別れになった時だ。その時、進次郎はアンナのことを恋人なのかと尋ね、大いに次郎を狼狽させた。

屈託ない笑顔。まるで昔からの友人みたいに進次郎の笑顔は次郎の警戒心を解いた。そしてあれほど科特隊との接触を拒んでいたZEROの心までも解きほぐしたのだ。

でもその笑顔の下には次郎と同じく、いや、その何十倍もの苦しみを乗り越えてきた本当の顔があったに違いない。ウルトラマンの宿命を継ぐ人間の重圧と使命感が。

その進次郎の命が尽きようとしている。

「俺、その人を助けなきゃならないんだ。絶対に」

「……わかった」

しばらく沈黙したのち、アンナが言った。

「でも約束して。必ず帰ってくるって」

真正面からジッと見つめるアンナを、次郎もしっかり見つめ、

「約束する」

そう言うと、アンナがにっこり微笑み、

「次郎は、ミラクルマンの息子だもんな」

「……ああ」

次郎もにっこり微笑み返した。


新開発の時空界面穿孔システムは、グランドームに設置されるシールドリングとSUITの強化コーティング、および外装ブースターから成るセパレート方式に改められ、HR-1《ハイドランジャー》と名付けられた。

諸星が纏う強行突入型仕様のSEVEN SUITは両腰にスペシウムソード、両腕にワイドショット、背中にはマウンターを介してEXライフルを装備するフルアーム状態で、その全てに黒い強化コーティングが施された。ただしワイドショットは推進ブースターと増設エネルギーパックを兼ねるSタイプが適用される。

次郎のZERO SUITもSEVENと同型の腕部マウントにワイドショットSタイプを装備し、コーティングは元々備わっている可変波長透過吸収機能に組み込まれた。カラーは次郎の要望によりSEVENとお揃いの赤で固定されたが、

ＳＥＶＥＮ ＳＵＩＴのコーティングが黒と知って次郎はいささかショックを受けたようである。この状態のＺＥＲＯ ＳＵＩＴには、《ＳＣ仕様》のコードネームが与えられた。

さらに、進次郎を連れ帰るためのＳＵＩＴを収納したカプセルも用意された。これが棺とならぬことを祈るばかりである。

突入要員はこの二名。北斗はダイブハンガーで待機することになった。彼のＳＵＩＴは異星人の手になるもので科特隊には手の出せない部分が多く、システムの組み込みが間に合わなかったためだ。

全ての準備が整い、作戦決行の朝が訪れた。

グランドーム内のガントリーの上でダイブの瞬間を待つＳＥＶＥＮとＺＥＲＯの眼下には、時空歪曲点が脈打ち、周囲をシールドリングが取り巻いている。

「あの……諸星さんも諦めてるんですか？　もう進次郎君が生きていないって」

薩摩が聞くと、

「自分の目で確かめるまで、希望は捨てない」

諸星はそう答えた。

ULTRAMAN SUIT ANOTHER UNIVERSE Episode:ZERO 第７話

時間だ。三重のリングが回転を始める。時空界面が半球状に膨張し、分光スペクトルがその表層に色とりどりの花を咲かせた。まるで紫陽花だ。

「なるほど、ハイドランジャーね」

ＳＵＩＴ姿で見守る北斗が、数日前にマグマライザーを見送ったときと同様に呟いた。

諸星と次郎が、カプセルの左右に取り付けられたハンドルを掴んで立ち上がる。

「突入臨界点突破を確認。ダイブ！」

「ダ、ダイブ！」

黒と赤のＵＬＴＲＡＭＡＮが、紫陽花の花を散らしてその中央へ飛び込んだ。

第八話　鋼鉄の異次元迷宮

ULTRAMAN SUIT ANOTHER UNIVERSE Episode:ZERO

ＨＲ‐１ハイドランジャーがこじ開けた時空侵徹トンネルを、ＳＵＩＴのコーティングが作り出す固有空間に守られ、前腕部にマウントされたワイドショットＳタイプを推進機としてＳＥＶＥＮとＺＥＲＯが突き進む。両名とも、片手は進次郎のＵＬＴＲＡＭＡＮ ＳＵＩＴを収めた転送カプセルのハンドルを掴んでいる。

トンネル内は異様な光景だった。極彩色の光が渦巻く螺旋の瀑布を遡り、いくつもの重いカーテンを押しのけるような圧迫感、四方八方から引っ張られるような錯覚に、次郎は何度も意識が飛びそうになる。

次郎の主観では数時間にも感じられた数秒間は唐突に終わり、いきなり空中に投げ出された。数メートル下にごつごつした黒い岩肌が見える。慌てて態勢を整えそこへ着地、重いカプセルを横たえた。

諸星がカプセルに設置された欺瞞装置を作動させ、周囲から隠蔽する。三時間以内にこの場所へ戻ってこられなければ、帰還する手段はなくなる。

空を見上げると、赤黒い天球の中心に向かって、多数の黒い尖塔がそびえているのが見えた。地平線がせりあがっている。どうやら巨大な球殻の内側に、この世界は存在しているらしい。奇妙なことに、重力は中心から外へ向けて働いている。遠方は赤く霞んで見えないが、人工天体の内部なのかもしれない。

次郎のＳＵＩＴがゼロランスの放つ識別信号をキャッチした。二人をこの世界まで導いた量子ビーコンは、時空さえ超えて届くが距離も方向も示さない。しかし同じ時空の中でなら、電磁波による交信が可能だ。諸星のＳＵＩＴと情報を連結し、三角測量を行って座標を特定、ナビゲーションシステムに共有した。この場所から一〇キロほど離れた大型建造物の中だ。おそらく敵の拠点だろう。

科特隊の支援は受けられない。たった二人の、孤立無援の戦いが始まった。

ＬＯＰＳは鋼鉄で構築されたムキシバラ星人の居城の中を進んでいた。

その体内には早田進次郎という地球人がいた。とても希少かつ重要なウルトラマンの因子がこの地球人の中に受け継がれている。全宇宙、否、マルチバースと呼ばれる全時空の宇宙を支配せんともくろむ〝あのお方〟への献上品。それを拉致せよというムキシバラ星人の命令をＬＯＰＳの力を使ってマヤは実行し、ＺＥＲＯやＳＥＶＥＮの追撃を間一髪に躱して成功させた。

しかしここはあまりに複雑怪奇すぎる。無造作に積み上げられた瓦礫のごとき鉄の塊が作り上げる居城は常に変化し続ける。己の意志を持たずコントロールされるレギオノイドや、今も周囲を飛ぶ無数のトガラメ星人のように完全に支配下に置かれた存在でない限り、ムキシバラ星人が待つ場所に辿り着くことは出来ない。

それは勿論、非常に警戒心の強いムキシバラ星人が、敵の襲撃に備えての防御機能であるのは間違いないが、それ以上にこのグロテスクな鉄の迷宮には別の意図があるのではないだろうか。

それは今までムキシバラ星人が襲撃し、破壊した、あまたの星の最期の姿——全ての命を奪い、無残な廃墟と化した世界、その無秩序で荒漠とした光景を再現しているのではないか。己が滅ぼした世界を再現し、それに守られる倒錯した快感を得ているのかもしれない。そうマヤは感じる。

今まさに通過する兵器工場には、まさにそんな歪んだ感情を象徴するがごとき、巨大な鋼鉄の塊の戦闘兵器が鎮座している。その威容はひたすら醜悪で美しさのかけらもない。

それに比べ——あの夕日は美しかった。

不意にマヤの脳裏にあるビジョンが去来する。木々に囲まれた静かな公園が赤い夕陽に染まっていく。そこは初めて彼と――諸星弾と出会った場所だ。

これはマヤが覗き込んだ諸星の記憶なのか。それとも――

――よそう。これ以上、このことについて考えるのは。

マヤは我に返ると、微かにざわつく心を鎮める。

感情などというものは元々持ち合わせていないはずだった。生まれた時からムキシバラ星人の命令にただ従う破壊工作員。それが自分だったはずだ。なのに……時折、心の奥からあふれる感情や自我を押さえられなくなる。

……ダメだ。ダメだダメだ。もし今の状態を知られたら、間違いなく処分される。

マヤはＬＯＰＳを操ることに集中し、いびつな鋼鉄の迷宮の中心へと進んでいった。


「……突入に成功した」

大型建造物にたどり着いた次郎は、ＺＥＲＯ ＳＵＩＴの中で安堵の呟きを漏らす。

『どうした？　心臓の鼓動が乱れているぞ』

すかさずチュー吉が声を掛けてくる。

『怖いのか？』

少しからかうような口調に次郎はムッとなり、

「怖いわけないだろ。俺に怖いもんなんてない」

『そうか。なら問題ない』

思わず言い返す次郎にそう応えると、チュー吉は黙り込む。

確かに……少し怖かった。

異次元への突入は過去に一度経験済みだが、その時に生きて戻れたのは単なるラッキー。幾つもの偶然が奇跡的に重なっただけだと井手に知らされていた。

今回の突入はその時とは違い十分な装備がなされているとはいえ、やはりギリギリまで不安は拭いされなかった。

必ず生きて帰る。アンナと交わした約束がプレッシャーになっていたのかもしれない。

何かそんな感情をチュー吉——すなわちＺＥＲＯに見透かされ、試されたみたいで次郎は心穏やかではなかった。

——なんだか最近、ＺＥＲＯの奴、諸星さんに似てきたな。

ＺＥＲＯとは初対面の時からとことん対立してきたＳＥＶＥＮ——諸星は今、真っ黒な強行突入型のＳＥＶＥＮ ＳＵＩＴを身にまとい次郎の前方を進んでいた。

もしかしたらＺＥＲＯと諸星は全くそりの合わぬ水と油のように見えて、実はとても似ているのかもしれない。

そんなことを次郎が考えていると、

『ぼんやりしてると迷子になるぞ』

今度は無線を通し、本家の諸星の声が次郎を威圧する。

——怖い。この人は、とにかく怖い。

初めてクレーン作業員として会った時も、科特隊に入隊が決まった時も、諸星という男はとにかく怖かった。今にも喰い殺されそうな雰囲気、何も言い返せない目力に無条件に緊張し、背筋に汗をかいた。でも——今の諸星の怖さは、むしろ心強い。どんな窮地に追い込まれようとも、揺るがぬその威圧感は、絶対的な安心感だと今は感じられる。

『おい、聞いてるのか』

再び諸星の声が響く。

「すいません！」

反射的に謝る次郎は、一度大きく息を吸い込み「よし!」と気合を入れる。

余計なことを考えている場合ではない。今は自分のやるべきミッション——進次郎を連れ帰ることに集中するのだ。

生存率はゼロだと井手たちは言った。例え死体であろうと奪還せよと。

正直それを聞いた時は暗澹たる気持ちになった。でも諸星さんはそうは考えていないと知り、次郎の中にある希望の光は確かなものとなった。

進次郎君は生きている。必ず無事に連れ戻す。

この複雑に入り組んだ鋼鉄の迷路の中で目指すのはＬＯＰＳが持ち去ったランスの信号。そこに進次郎がいるはずだ。


科特隊本部の指令室に、井手と早田は待機していた。

時空歪曲点を通過した諸星と薩摩に連絡する手段はない。今現在彼らが多次元宇宙のどこかに存在していることのみを保証する量子ビーコンの明滅を見つめ、ただ待つしかない。

突入開始からずっと、早田は無言で同じ場所に佇んでいた。

「父親の顔だな」

そう言いかけ、井手は言葉を飲み込む。

生存率はゼロ。死体でも構わない。回収せよ。

ウルトラマンの因子を敵に奪われるわけにはいかない。命がけで未知の時空に突入する諸星と薩摩には、そう命じた。

もしかしたら進次郎は生きているかもしれない。そんな根拠のない希望的観測に基づいて部下を敵地に派遣することなど、あってはならない。早田進も想いは同じだ。

ただ、進次郎の成長を長年見守ってきた早田進という男の友としては、全く違う想いがある。どんな絶望的な状況でも、息子の生還を信じる男の、父親の心に寄り添いたい。

奇跡を信じたい。だがそれを今、言葉にはできない。するべきではない。

この事態を招いたのは自分だ。友が何と言おうと、責任は自分にある。

軽々しく気休めなど口に出来ようはずがない。

二人と交信できない以上、連れ去られた進次郎の状況を知る手段は無いのだ。

今はただ、この先に起きる結果を待つことしかできないのだから。

指令室には沈黙だけが流れた。

「ただいま、戻りました」

居城の中心に到着したLOPS――マヤは、ムキシバラ星人の前にかしずく。

「不手際だぞ！　余計な手間を掛けさせやがって！」

苛立ちを隠さずムキシバラ星人が言い放つ。

「――すいません」

マヤは更に深くこうべを垂れる。ここで少しでも不満を感じ取られたら、どんなに陰湿で恐ろしい罰が与えられるか分からない。暫く無言のままかしずいていると、

「見せてみろ」

頭の上からムキシバラ星人の声が命令する。

「……はい」

マヤがLOPS SUITの気密を解除し、マスクを開いた。そして緊急離脱手順に従って外装を展開すると、中に捕えていた進次郎が前方に押し出される。即座に外装を再閉鎖し、ぴくりとも動かぬ少年の身体を両腕に抱えてムキシバラ星人の前に差し出した。

「ふん。やはり死んだか」

さっきまでの苛立ちは消え、ムキシバラ星人は中空に浮く進次郎を興味深そうに見つめる。

「この人間の中に、あのウルトラマンの因子があるのか」

ウルトラマンの因子。それがどれほど希少で価値のあるものなのか、マヤも知っていた。

その因子を〝あのお方〟に献上することが、どれほどムキシバラ星人にとって重要なことであるかも。

「ただちに保存処置にかかれ。諸々の準備が整い次第、あのお方の元へ向かう」

そう高圧的に言い残し立ち去るムキシバラ星人の背中に、

「承知しました」

無感情にマヤが答え、中空に浮く進次郎を静かに床の上に横たえると、改めてその顔を見つめた。

「早田進次郎。かつてウルトラマンと同化した人間、早田進の特別な遺伝子を……」

はっとマヤが息を飲む。

進次郎の閉じられた瞳が微かに動いたのだ。

——まさか……蘇生した……？

ありえない。電子生命体であるマヤにはわかる。この少年の生命活動は間違いなく停止していた。いくらウルトラマンの因子を宿すとはいえ、それが本人の意思によらず発動することはない。そして非励起状態の彼の肉体は完全に地球人のそれだ。生理学的に、次元の壁を超えて生きていられるはずがない。

マヤはＬＯＰＳを介して進次郎の体に触れると、心臓の鼓動を感じる。

何故？　やはりウルトラマンの因子の影響なのか？　それとも何か別の理由が？

——調べてみよう。

マヤは強い興味を持ち、そして戸惑う。

今まで人形のように自分の意志などなく命令に従ってきた。勝手な行動など一度もしたことがなかった。だが今回のミッションでマヤは何度となくムキシバラ星人の命令には無い行動をした。その理由は、はっきりしている。

諸星弾という人間との接触。諸星と出会い、その記憶を覗き込んだ時からマヤに明確な変化が起こった。——感情の芽生えだ。

それをムキシバラ星人に知られればどうなるかマヤには分かっていた。でも……

――知りたい。この人間のことを。諸星と共に戦ってきた、その記憶を。

マヤは心の中に湧き上がる強い衝動に従い、進次郎の大脳基底核を取り巻く海馬の神経細胞へと電子の指先を伸ばした。

「近いぞ。今度こそ――」

のべつ変動しルートが書き換わる異次元迷宮の中、座標を頼りにランスの信号を追うZEROとSEVENだったが、遂に当たりを引き当てたようだ。前方に開けた空間がある。ナビゲーションシステムは、ランスがその向こうにあることを告げていた。

だがそれを次郎が口にした時、突如、黒い影が二人に襲い掛かった。

「殺してやる！　貴様らだけは許せない！」

「こいつは！」

次郎が初めて戦った相手、エクスベス星人だった。以前は砂色だった身体の大部分が金属光沢を放つ機械に置き換わっている。両腕から伸びる鞭は刃を備えたフレキシブルドリルに、胴体の捕食器官はエンジン粉砕機を思わせるクラッシャーと化していた。

「……逃がした獲物に再会できるとは、幸先がいい」

諸星がワイドショットを特大のトンファのごとく構える。Sタイプは推進装置に特化した突撃《ストーム》仕様だが、もちろん武器にも転用可能だ。

猛然と回転し振り下ろされるエクスベス星人の鋼鉄の鞭を、SEVENはバレルで受けて間合いを測る。金属を削る甲高い音とすさまじい火花が闇を照らし震わせた。

その状況を、安全な自室からムキシバラ星人が見つめていた。

「吠えろ吠えろ、負け犬が。せいぜい挽回に励むがいい」

最初の襲撃に失敗し惨めに撤退したことで〝あのお方〟の怒りを買い、エクスベス星人は肉体の半分以上を失うほど苛烈な懲罰を受けた。だがSEVENとZEROへの強い復讐心と憎悪が認められ、最後のチャンスを賜ったのだ。強化改造を請け負ったのは、他でもないムキシバラ星人だった。

「死ね死ね死ね死ね死ね死ね死ね死ね死ね死ね死ね！」

エクスベス星人が憎悪をむき出しにしてSEVENとZEROに襲い掛かる。

次郎は思う。フレキシブルドリルはたしかに脅威だ。絡め取られればSUITの装甲も役には立つまい。たちまち引き寄せられて胴体のクラッシャーに挽肉にされるだろう。

だが頭に血が昇ったエクスベス星人の攻撃は単調だった。視界に入ったものに反射的にドリルを伸ばしているだけだ。軌道の予測も難しくはない。突破口が開けそうだと気が緩んだ瞬間、猛烈な突風が吹き、ドリルの軌道が急変、危うく躱したものの、ワイドショットが一挺粉砕されてしまった。やむなくパージする。

突風を放ったのは、氷の惑星で倒したはずのグインペ星人だった。

……いや、違う。頭の角の数が多い。別個体か。

誰にともなく、ムキシバラ星人が語る。

「そいつは貴様が倒したグインペ星人と、かつて氷の惑星の覇権を争い敗れた個体だ。力で捩じ伏せるしか能のないヤツと違って、少しは頭が回るぞ」

その言葉通り、グインペ星人は狡猾だった。どうやって操作しているのか、迷宮のルート変動機能を利用して壁に隠れ、天井で押し潰し、奈落の底に突き落とす。翼で突風を起こし、冷凍光線で足止めし、エクスベス星人のキルゾーンに追い込む。

こちらの攻撃は壁に阻まれ届かない。そして思わぬ方向からドリルが、突風が、冷凍光線が襲ってくる。トリッキーな攻撃に、重装備が仇となってかＳＥＶＥＮもＺＥＲＯも対応しきれず、反撃の糸口を掴めていないように見えた。

その様子を眺め、ムキシバラ星人がほくそ笑む。

「あのお方の元へ出向く前の座興だ。手土産にそいつらの首も添えて献上さし上げれば、我らの株も上がろうというもの。無論、褒賞は残らず俺が頂くがな」

マヤは進次郎の記憶野の奥底へと潜り込み、その全ての記憶を読み取った。

しかしそこに明確な答はない。進次郎自身、時空を超えて生き延びることができた理由を知らないということだ。とはいえ、ヒントはあった。先の邪神との戦いの一部始終。そしてマヤが科特隊のプライマリ・データセンターを探った際に見た転送制御システムのログ。それらを突き合わせると、ある可能性が浮かび上がってくる。

だがそんなことが実際に起こりうるのか？

マヤは改めて進次郎の肉体の精密スキャンを試みた。

そして理解する。なぜ進次郎が死ななかったのかを。

「ごほっ」

マヤがスキャニングを終えた瞬間、進次郎が覚醒した。

そしてＬＯＰＳの存在を認識すると、その足で立ち上がった。どこにそんな力が残っていたのか。信じがたい精神力だ。

「お前は……！」

進次郎がＬＯＰＳを睨む。自分が拉致された記憶を思い返したに違いない。強い闘志をマヤは感じ取る。

戦うつもりだ。ＳＵＩＴも武器もなく、生身で。

いや、武器ならあった。ランスだ。

進次郎は床に転がるランスを拾い上げると、ＬＯＰＳに向けて構えた。ならば、仕方がない。何をすべきか、マヤには既に分かっていた。

エクスベス星人とグインペ星人の攻撃に追いつめられるSEVENとZERO。今まで全く体験したことのない異次元での戦い。頭が、神経が痺れてくる。

ここで勝てるのだろうか？　ここで死ぬのか？

次郎の脳裏に、アンナと交わした最後の言葉が再び蘇る。

――絶対、生きて帰ってくる。

そうだ、俺は帰らなければならない。でも――それは、やるべきことをやってからだ。

早田進次郎を連れ帰る。俺たちの世界に。

よくよく思い返してみれば、進次郎と言葉を交わしたのは、ほんの短い時間だ。だが次郎は、それでも進次郎を連れて帰りたいと強く願っていた。自分の命をかけても、その価値がある。それほどに進次郎という人間は次郎にとって、大切に思えるのだ。

彼が最強のウルトラマンの因子を受け継ぐ憧れの存在であるのは勿論だ。でもそれ以上に次郎は進次郎の人柄に惚れていた。無条件に、好きになったのだ。

もっと彼と話したい。進次郎にアンナの事をからかわれ、年上のくせにみっともなく狼狽えた。

だからこそ進次郎を無事に救出したら、聞きたいことがある。

彼女はいるの？　好きな子はいるのか？　そんなたわいもないことを聞いてみたい。

彼が想像もできないような重い十字架を背負ってきたのは間違いない。でも彼はまだ青春を謳歌し、迷い、傷つく権利を持った若者だ。

次郎が進次郎と同じ年頃の時は父親の病気のことで頭がいっぱいだった。それで後悔したことは勿論ない。でも進次郎が今、何を感じ、何に悩んでいるのか、面と向かって聞きたかった。その為に俺は今、命を懸けているのだ。

その時、ふと次郎は感じる。

ＺＥＲＯに宿ったモノの感情が急速に強くなっていくのを。

かつて氷の惑星でもそれを感じた、激しい怒り、憎しみ。その感情がＺＥＲＯの力を数倍にも増幅しグインペ星人を力まかせに粉砕したのだ。

だが今、次郎が感じているのは、それとは違う情動だ。

『守りたいものがあるんだろ』

チュー吉を介し、ＺＥＲＯが次郎に語りかける。

『俺はかつて大切なものたちを守れず、失った』

知っている。彼の故郷は侵略者により滅亡し、家族も仲間も恩師も殺されたのだ。

『守るぞ。今度こそ』

「……ああ」

『薩摩』

まるで会話を聞いていたかのようなタイミングで、諸星が呼びかけた。

『準備はいいな』

「……万端です！」

二人は無意味に逃げ回っていたわけではない。反撃の準備を整えていたのだ。

既に周囲のマッピングは完了、視界にオーバーレイ表示されるＣＧイメージによって暗闇の中でも自由に動けるだけでなく、壁や床の仕掛けの位置や敵の動向までも完璧に把握できていた。

今度はこっちが罠を仕掛ける番だ。

「どうしたのだ、急に動きが変わったぞ！」

愕然とするムキシバラ星人の見つめる中、ＳＥＶＥＮのソードがグインペ星人の翼を切断し、ZEROのスラッガーがエクスベス星人の両眼を潰した。

逆上して闇雲に振り回されるエクスベス星人のフレキシブルドリルの側面に、SEVENがソードを走らせ軌道を変える。

『行ったぞ』

「ナイスパス！」

逸れたドリルは、ZEROが尻尾を抱えて振り回したグインペ星人の胸元を貫いた。

手応えを感じた盲目のエクスベス星人が、反射的にドリルを引き戻す。

凄惨な絶叫と血飛沫を上げて、グインペ星人はエクスベス星人のクラッシャーに頭から噛み砕かれた。はみ出た脚と尻尾がまだじたばたともがいている。

「手伝ってやろう」

SEVENがEXライフルでスパイナー弾頭弾を撃ち込む。

数秒の後、激しい閃光と共に二体の異星人は粉微塵となった。

爆炎の中、視線を交わすZERO＝次郎とSEVEN＝諸星。

「ランスの信号を追うぞ」

「はい！」

だが捕捉されたランスの信号は、すぐ間近だった。

「……え⁉」

刹那、襲い来るビーム。回避するＺＥＲＯとＳＥＶＥＮ。

「貴様……！」

煙が晴れるとそこにランスを構えるＬＯＰＳの姿があった。

そして次郎は感じ取る。ＬＯＰＳの体内には今も進次郎がいることを。

第九話　裏切りの果てに

鋼鉄の異次元回廊の中、エクスベス星人とグインペ星人を倒したのも束の間、ZEROとSEVENの前に立ちはだかるLOPS。その手にはランスが握られていた。

「あの中に進次郎君が……うわっ！」

動揺する次郎をすかさずLOPSの攻撃が襲い、吹き飛ぶZERO。

『戦いに集中しろ。次郎』

激しい衝撃の中、チュー吉の声が響く。

「わかってる！　でも！」

中に進次郎がいる限り下手な攻撃はできない。こちらは人質をとられた状況だ。

それを知ってLOPSは現れたのだ。

ZEROもSEVENも攻撃を回避するのみで反撃には転じない。

その状況を、ムキシバラ星人は遠隔感応視覚を通じて監視していた。

異次元回廊のいたるところに潜ませた豆粒ほどの、しかし異常なまでに視細胞を発達させた隷属生物・黒魔虫。その視野を傍受することにより、一見脆弱な単眼しか持たないムキシバラ星人は居ながらにして広大な迷宮内を隈なく見渡すことができるのだ。

「フフ。全て計画通りだ」

ムキシバラ星人がほくそ笑む。

エクスベス星人とグインペ星人は相手のエネルギーを少しでも消耗させるための噛ませ犬に過ぎず、その狙いは十分果たせた。

そこでムキシバラ星人はLOPSを投入した。体内に仲間がいると知ればSEVENたちが反撃できないことはマヤが調べた地球人の行動特性から分かっていたからだ。

例えそれが死体だとしても、奴らは決して攻撃してこない。決して。

「いよいよ私の出番だ」

玉座から腰を上げたムキシバラ星人の前に、トゲと甲殻に覆われた極彩色の塊がせり上がってくる。四メートルはあるムキシバラ星人の体躯をも凌駕するその卵型物体の甲羅を開き、ムキシバラ星人は華奢な身体を内部に滑り込ませた。

物体が起動する。太い手足と長い尻尾、そして鋭い一本角を持った頭部を引き起こし、猛禽を思わせるクチバシの奥から怪鳥のような咆哮を上げる。

ムキシバラ星人が直々に前線に立つべく開発した戦闘用強化スーツ《バトル・キネマティック・システム》だ。

「私自らが侵入者を倒し、その武勇と共に〝あのお方〟に献上するのだ」

今まで身を守るため周囲に張り巡らせていた次元シールド――分子数個分の厚みしかない薄膜状の空間断層――を割り砕き、意気揚々とムキシバラ星人が出撃した。


ＳＥＶＥＮとＺＥＲＯがＬＯＰＳと対峙する次元回廊、その何もない空間がガラスのごとく割れ、異形の強化スーツを纏ったムキシバラ星人が姿を現した。と同時に、その手先から七万度の火炎が放射される。鋼鉄の床がたちまち赤熱し、沸騰する溶鉱炉と化した。

「ついに大将のお出ましか」

ムキシバラ星人の急襲を躱し、ＳＥＶＥＮは反撃せんとワイドショットを向ける。だがすかさずＬＯＰＳが盾となり、攻撃を防ぐ。

「いいぞ、マヤ。その調子だ！」

いつになくハイテンションなムキシバラ星人の声がマヤに届く。

「こいつらを始末したら、今回お前が犯したペナルティは全て帳消しにしてやる！」

マヤはよく知っていた。ムキシバラは慎重かつ卑怯な性格。自分が不利な場面では決して前に出ることはない。ＬＯＰＳを盾にして敵が攻撃できないからこそ、こうして取って置きの強化スーツを身にまとい、敵をいたぶりに出て来たのだ。

「そうだ、それでいい！　反撃一つできない悔しさを噛みしめ死ぬがいい！」

ＬＯＰＳの絶妙のガードに満足し、ムキシバラ星人は手出しできないＳＥＶＥＮとＺＥＲＯを嬉々として攻撃した。

「くそ！　これじゃやられっぱなしだ！」焦る次郎が必死に叫ぶ。

「進次郎さん！　聞こえてますか！」

答えて欲しい。生きていて欲しい。その思いを込めて。

「無駄だ無駄だ無駄だ！」

ＬＯＰＳを盾に、あざ笑うかのようにＺＥＲＯを攻撃するムキシバラ星人。

成す術もなく追いつめられるZEROと次郎。一方、SEVEN——諸星は淡々とムキシバラ星人の攻撃をかわしながら逆転の機会を窺っている。そして——、ZEROに気を取られているムキシバラ星人の背後が一瞬、ノーガードになった。

「今だ」

スペシウムソードで強化スーツごとムキシバラ星人を刺し貫こうとした時、

『やめて。ダン』

不意にマヤの声が頭に直接響く。

「……！」

ほんの僅かな迷い。SEVENの動きが鈍ると同時、LOPSがムキシバラ星人の背後を完全にガードした。

「今の声は……」

ZEROの中の次郎にもマヤの声は届いていた。

『ダン。私の話を聞いて』

更にマヤの声がSEVEN——諸星に語り掛ける。だがムキシバラ星人は再び攻撃を開始していた。鋼鉄の迷宮の中、爆炎と轟音の中で激しい戦闘を続けながら、マヤの声が尚も必死に語り掛ける。

『私……思い出したの。六年前の、訓練施設での記憶を』

「……まさか……！」

ようやく諸星がマヤの声に反応する。

『あの訓練施設であなたと一緒に育った日々を。いつもあの公園で一緒に見ていた、赤く美しい夕陽も』

激しい爆音の中にも関わらず、諸星が息を飲むのが次郎には感じられた。いつも無表情なその顔に動揺の色が浮かんでいるのも分かった。

一体この声の主は誰なのだろうか？　諸星のことをダンと親しげに呼ぶ女性は——

「生きていたのか……マヤ」

次郎の耳に諸星の声が届き、確信する。

ＬＯＰＳの中に宿るマヤという名の女性は、諸星にとってとても大切な人に違いない。

そして今、二人は再会したのだ。

戦闘状態のさなかにも関わらず次郎は胸が熱くなるのを感じた。だが……

ズドン！　ＬＯＰＳの攻撃がＳＥＶＥＮを直撃した。

「諸星さん！」

叫ぶ次郎の視界に、攻撃を受けて吹き飛ぶＳＥＶＥＮが見えた。

――これは……罠だ！

次郎がそう確信した時、マヤの笑い声が響いた。

『暫く会わないうちに随分と甘くなったものね。いいえ、昔からそう。ダン。元々あなたは心の弱い人間だった』

「……」

何とか態勢を立て直したＳＥＶＥＮが無言でＬＯＰＳを見つめる。

『私はあの施設に工作員として送り込まれた。ダン。あなたと仲良くしたのも周囲に疑いの目を向けられないため、利用しただけ』

更に攻撃をＳＥＶＥＮに仕掛けながらマヤはあざ笑うように続ける。

『なのにあなたは私のことをすっかり信用したわね。他の誰にも話さない悩みや弱音も打ち明けてくれた。私も同じようになんでもあなたに相談した。あなたは親身になって答えてくれたわ。まるで本当の兄さんみたいに。でもね、内心は必死だったのよ。今にも笑いだしてしまいそうで。あなたの間抜け加減にね』

「何て奴だ！」

無言でずっとマヤの話を聞く諸星の代わりに、次郎が怒りの声をあげた。

「人の心をそこまで踏みにじるなんて!」

「本当になんて奴だ!」

同時にムキシバラ星人も声をあげる。

「素晴らしいぞ、マヤ! ずっとお前のことは感情を持たない人形だと思っていた! だから今回のミッションで自分の判断とやらで余計なことをした時、処分しようと思ったが大きな間違いだったようだ!」

ムキシバラ星人は自分をガードするLOPSを背後から抱きしめんばかりに叫ぶ。

「素晴らしい、本当にゾクゾクする! お前は学んだのだな、人間の心がいかに脆いものなのかを! そしてそれを無慈悲に壊すことがいかに快感かを! いいぞ、もっといたぶれ、弄べ、心をズタズタに切り裂いてやれ! いひひひひ!」

ムキシバラ星人は戦意喪失したかのように蹲るSEVENに接近し、鋼鉄の拳で殴りつけた。

「やめろおおおおお!」

ZERO——次郎がムキシバラ星人を攻撃しようと突進。だがすかさずLOP

S――マヤがガードし、ZEROの突き出す拳が止まった。

――この中には進次郎さんがいる。攻撃できない。

悔しさに次郎が拳を握り締めた時、またマヤの声が響く。

『もう死んでるわよ』

「……！」

その言葉は明らかに次郎に向けられたものだった。

『生きてるって思った？　もしかして奇跡を信じてた？』

またあざ笑うようなマヤの声が響く。

『そう、奇跡は起こった。ここに連れて来た時、早田進次郎は息を吹き返した』

「そうなのか⁉」

愕然と聞き返したのはムキシバラ星人だった。

『でも抵抗したので、すぐに殺しました。……いけませんでしたか？』

「いや、それでいい！　大切なのは〝あのお方〟に献上するウルトラマンの因子だ！　死体の方が余計な面倒がなくていい！　いい判断だ！」

マヤの行動を絶賛し、ムキシバラ星人はZEROに攻撃を繰り出す。SEVENと同じく心が折れたと判断したのだ。

「さあ、悔しかったらＬＯＰＳを攻撃したらいい！　できはしまいがなあ！」

もはやノーガード状態で攻撃を繰り出すムキシバラ星人に、ＳＥＶＥＮが立ち上がるとスペシウムソードで斬りかかった。

「マヤ！」

ムキシバラ星人が叫ぶより早くＬＯＰＳが盾となる。だが――、ＳＥＶＥＮの動きは止まらなかった。今までとは違いＬＯＰＳもろともムキシバラ星人を斬り裂こうとソードを振り下ろす。

――ダメだ！　挑発に乗ったら！

その次郎の思いを感じたＺＥＲＯの動きは速かった。ガキ！　ＳＥＶＥＮのソードをＺＥＲＯのワイドショットを装着した腕が受け止め、ＬＯＰＳへの攻撃を防いだ。

「諸星さん！　約束したじゃないですか！　進次郎さんを必ず連れ帰るって！」

――そう、たとえ死体であっても、傷つけたらいけない！

声には出なかった叫びも諸星に通じたのだろうか。諸星が動きを止める。

次郎が続ける。

「そのために、進次郎さんのスーツも、転送カプセルも持って来たんじゃないですか！」

――それが、死に装束と棺になってしまったとしても。

わずかな逡巡の後、ＳＥＶＥＮは静かにスペシウムソードを鞘に収めた。

『今の話は本当？』

マヤの声が二人の脳に虚しく響く。

『……本当なのね？』

次郎も諸星も、その無意味な問いに応える必要を感じなかった。

「いひひ！　バカめ！」

すかさずムキシバラ星人が飛翔し、頭上からＳＥＶＥＮとＺＥＲＯに襲い掛かる。

「わざわざここまでご苦労だったな！　お前らは死にに来た！　お望み通り粉々に砕いてやるううう‼」

必殺の高熱火炎をフルパワーで放とうとした、その時――、信じがたいことが起きた。

ＬＯＰＳスーツが開き、中から進次郎が現れたのだ。

――死体……いや、違う！　進次郎君は――

唖然と次郎が心の中で叫んだ瞬間、死んでいたとも眠っていたとも見えた進次郎の双眸が力強く見開かれ、右腕を勢いよく頭上に掲げた。

遠く離れた転送カプセルのシステムがコマンドを受信する。それを発信したポインターの座標は、SEVENとZEROのセンサーとの情報連結により正確に特定できた。この距離ならば中継衛星も必要ない。コマンドが正規の登録ユーザーから発信されたものであることを確認し、システムはただちにULTRAMAN SUITの転送を開始した。

実体化したSUITのパーツが、進次郎の肉体の各部位に埋め込まれた生体マーカーを検出し、それぞれ然るべき部位に展開、連結されてゆく。胸のスペシウムコアに灯がともり、マスクが閉じて装着プロセスは完了した。自己診断プログラム、異常なし。自動的に戦術ネットワークが更新され、SEVENとZEROの戦闘単位リストにULTRAMANの識別コードが加わった。

『進次郎君！』

最初に呼びかけてきたのは、次郎だった。キーンとなる耳をマスク越しに押さえながら、進次郎は応答した。

「話は後です！　四人でアイツを倒しましょう！」

『四人だと？』

諸星だった。

見ると、進次郎を吐き出したＬＯＰＳは再びＳＵＩＴを閉鎖し、三人と並んでランスを構えている。ムキシバラ星人に向かって。

「マヤ……貴様、裏切るつもりか⁉　空ろな電子人形の分際で‼」

ムキシバラ星人に歯があるかどうか知らないが、歯ぎしりする音が聞こえるようだった。

「……これも罠でなければいいがな。進次郎が利用されていないとも限らん」

務めて冷静に、諸星が牽制する。

言い返さないところを見ると、進次郎も確信は持てていないのか？

「ああもう、どこまで本当でどこから嘘なんだか……」

次郎のぼやきに、マヤが答える。

『私にもわからない……ただ、あそこには戻れない。もう二度と』

ＬＯＰＳのランスの穂先は、ぴたりとムキシバラ星人を捉えている。

次郎にだけ聞こえる声で、チュー吉が言った。

『今の言葉に嘘はない』

「どうしてそう言える？」

囁く次郎に対する、チュー吉の返答は簡潔だった。

『俺にはわかる』


怪鳥のような奇声を発し、ムキシバラ星人が攻撃を再開する。

火炎を放ち、全身のトゲを発射し、鼻先から弾丸を撃つ。尻尾を振り回し、空間を破ってあらぬ方向から飛び掛かる。掛け値なしの強敵だった。壁も天井も灼熱で溶け落ち、足場さえままならない。噴火口の底で戦っているようなものだ。

しかし先ほどまでは二対二だったが、今は四対一である。時に溶鉱に突き立てたランスを蹴り、時に飛翔能力を持つ進次郎の手を借りて包囲を狭め、程なくスペシウムソードの切っ先が強化スーツの眉間に突き刺さった。奥の手か、スーツ頭頂の一本角をミサイルとして発射するムキシバラ星人だったが、ＬＯＰＳの投擲したランスが弾道を逸らした。それをＵＬＴＲＡＭＡＮが空中でキック、待ち構えていたＺＥＲＯがワイドショットの砲身で強化スーツの口腔内へ打ち返した。内部でミサイルが爆発し、全身の孔という孔、継ぎ目という継ぎ目から火を噴いて、強化スーツは自らが作り出した溶鉱炉に沈む。だがその直前、火だるまとなりながらも強化スーツから脱出し次元の亀裂に飛び込むムキシバラ星人の姿を、四人は見逃さなかった。

しかし追撃している余裕はない。ＨＲ‐１ハイドランジャーが穿った時空侵徹トンネルを維持できるのは三時間。既に残り二〇分を切っていた。

「時間が無い。ここを脱出する！」

「逃がしはしない！　皆殺しだ！」

満身創痍、皮膚は炭化してめくれ上がり、皮下組織は抉れて色とりどりの分泌液をにじませている。その痛みすら怒りに変え、ムキシバラ星人は号令した。

迷宮中のレギオノイドとトガラメ星人どもを総動員して確実に殺す！

迷宮全体が唸っていた。

足音。羽音。呻き。軋み。

それらが混然一体となり、迷宮を震わせていた。

センサーはとっくに察知していたが、実際に目にすると絶望感を禁じ得ない。

一行の行く手には、文字通り雲霞のごとき敵の大群が集結しつつあった。

しかし躊躇してもいられない。

ここは敵地。時間がたてばたつほど不利になる。

「僕が切り開く。突破するぞ！」

先頭のＳＥＶＥＮがソードを抜く。ワイドショットはＺＥＲＯが、二挺のＥＸライフルはＵＬＴＲＡＭＡＮが受け取って討ち漏らしをカバーした。しんがりのＬＯＰＳも後方からの追撃を蹴散らしつつ迷宮の出口を、そしてカプセルの設置地点を目指した。

その道中――、

「どうして……」

呟く諸星。それはマヤに向けた言葉だったが、答は無い。

「全ては彼女が決めました」

マヤに代わり、進次郎が答えた。

「意識を取り戻した俺に、彼女は言いました。もうじきここに、あなたを助けにある人が来る。その人を傷つけたくないと」

　無言で聞く諸星。

「不思議と、すぐに彼女の気持ちが理解できました。何をしようとしているのかも。だから俺も協力して一芝居うったんです」

　次郎は色々聞きたくてウズウズしたが、まだ諸星は無言だ。黙るしかない。

「ムキシバラ星人を完全に倒せなかったのは残念でしたけど」

　本気で悔しがる進次郎に、ついに我慢できず次郎が言う。

「俺は進次郎君が生きててくれただけで十分です！」

　その言葉の強さに今度は進次郎が黙り込み、

「……ありがとう」

　少し恥ずかしげに礼を口にした。


　群がる敵を斬り払いながら、諸星は沈思黙考する。

――マヤがわざわざ正体を明かし、スーツの中に進次郎がいることを教えたのは、ムキシバラ星人を欺き、同時に僕たちに攻撃をさせないためか。ＬＯＰＳで進次郎を元の時空に帰すつもりだったなら、なるほど、スーツを傷つけるのはまずい。しかし進次郎のスーツが使えるとわかって、欺く必要もなくなった。確かに辻褄は合う……。

全てを倒していては切りがない。進路の妨げになる相手だけを見極め、消耗を最小限に抑えることも忘れない。背後には信頼すべき仲間の援護もある。

――辻褄は合うが……甘すぎる。こちらが進次郎を見捨てることはないとなぜ信じられる？　現にあの時、あのバカが止めに入らなかったら……!!

ＬＯＰＳごとムキシバラ星人を斬り裂こうとした瞬間の記憶がよみがえる。

――次郎が止めなければ、僕はまた失っていたのか……マヤだけでなく、進次郎も。

ふと振り返ると、偶然次郎と目が合った。

「……はい？」

その能天気な反応が無性に癇に障り、諸星は再び前方の敵に集中する。

――甘すぎる！

残り時間三分。ようやくカプセル設置地点に到達した。

一見、岩以外何もない崖の上だが、座標に従い一歩足を踏み入れると、転送カプセルと帰還用のエネルギーパック、そして上空には距離感を狂わせるように渦を巻く時空侵徹トンネルが開口している。カプセルに搭載された欺瞞装置の効果だ。おかげで追ってくるレギオノイドとトガラメ星人の大群もこちらを見失っている。

「入れ」

諸星は有無を言わさず進次郎をSUITのままカプセルに押し込んだ。彼のSUITには強化コーティングが施されていない。おとなしく梱包されてもらうほかない。

カプセルをロックし、ZEROと共にグリップを把持したSEVENがLOPSに手を伸ばす。一緒に来い――無言でも、その意味するところは明白だった。

『私は……』

残り時間が二分を切る。後ずさるLOPSの手を、諸星の方から強引に掴む。

しかし誰一人気付いていなかった。彼らの足に、異常なほど視細胞を発達させた豆粒ほどの黒い虫が多数こびり付いていることを。

ドカン！

百万の雷が落ちたかのような轟音と衝撃波が、崖もろとも一同を十数メートルも吹き飛ばした。

「こんなところに隠れていたか‼」

ムキシバラ星人の上ずった声が、崩れた崖の向こうにそびえる巨塔から発せられている。ほんの数分前までそこにそんなものはなかった。欺瞞装置は効果範囲内を周囲から完璧に隠蔽する代償として、こちらも効果範囲の外を視認することができなくなる。その欺瞞装置も損壊し、いまやカプセルと時空侵徹トンネルは丸見えだった。

「……おいおい」

目の前の異様な光景に、立ち上がった諸星が思わず嘆息する。

その巨塔は、完全武装した鋼鉄の要塞だった。一〇階層はあろうかという檣楼《しょうろう》を大小の探知装置や高射砲群が取り巻き、その喉元では三連装の巨大な砲塔が白煙を上げている。先刻の轟音と衝撃波はこいつの発砲によるものだろう。馬鹿げている。まったく馬鹿げている。どう見ても対人戦に用いるべきスケールの兵器ではない。まるで戦艦、それも空前絶後の超ド級大型戦艦だ。

『……岩鉄城』

マヤが呟いた。それがこの決戦兵器の名か。
上空の時空トンネルが揺らいでいる。
維持限界まで、残り一分もなかった。

第十話　最後の約束

マヤが《岩鉄城》と呼んだその超ド級大型戦艦が、サイレンのような唸りを上げて足を踏み出す。そう、岩鉄城には長く頑強な鋼鉄の脚が四本生えていた。突然至近に出現したからくりはそれか。ここまで「歩いて」来たのだ。完全に常軌を逸している。まるで木に竹を接いだがごとく、設計思想にまったく一貫性が感じられない。どこか異星の兵器を鹵獲し、野放図に改造と増設を繰り返してきた結果なのだろう。

吹き飛ばされたダメージから回復し、何が起こったかを察した一同の頭上で、露わとなった時空侵徹トンネルが揺らいでいる。維持限界が近い。今すぐにでもそこに飛び込まなければ、ダイブハンガーに帰還する手段は永遠に失われる。

そんな彼らを、岩鉄城の檣楼から満身創痍のムキシバラ星人が見下ろしていた。満を持して取っておきの強化スーツを着ての出撃。敗北の可能性など皆無だった。愚かにも仲間の救出にのこのこ現れた奴らを楽しみながら、じわじわなぶり殺すはずだった。最高の至福の時間になるはずだったのだ。それなのに……

「あの電子人形が！　この私を裏切るとは！」

そう、ムキシバラ星人にとっては全く予想外の出来事だった。マヤはムキシバラ星人がかつて侵略し滅ぼしたマゼラン星人の生き残りだ。正確にはマゼラン星人の遺伝子を改造し、特殊工作員としての能力を特化させて生み出した人工生命体だ。

　それらは誕生と同時に侵略対象の星に適した姿と言語と疑似記憶が与えられ、それぞれの任地へと送り込まれる。マヤと名付けられた人工生命体はヒューマノイド型の幼い少女の姿として、星団評議会が運営する訓練施設へ派遣された。勿論己の意思などなく、環境に応じた自然なリアクションを選択することで周囲に馴染み、任務を遂行する。マヤが感情だと理解していたものは全てプログラムであり、行動は完全に管理されていた。

　つまりはムキシバラ星人の操り人形に過ぎない。そのマヤが裏切ったのだ。あろうことか拉致した地球人――早田進次郎と結託し、罠を仕掛け、こうして深手まで負わせた。いや、下手をすればムキシバラ星人は死んでいた。それがマヤの狙いだったことは明白だ。

「ありえない！　人形の分際で造り主であるこの私に歯向かうなど！　なぜだ！

なぜなぜなぜなぜだ⁉　何故アイツは私に牙を剥いた！」

湧き上がる疑問と怒りで四つの脳髄が沸騰し、それを収める尖った頭が今にも爆発しそうだった。

「消してやる！　跡形もなく消し去ってやる！」

もはや、あのお方に献上する予定だったウルトラマン因子など関係なかった。今まで一度たりとも感じたことのない屈辱と怒りの前には与えられた任務すらどうでもよく思えた。

今こうして岩鉄城を操縦するムキシバラ星人の目的はただ一つ。皆殺しだ。


激しい砲撃が周囲を炎と爆煙で覆う中、ＳＥＶＥＮ＝諸星は、躊躇うＬＯＰＳ＝マヤの手を掴む。そして――

一緒に来い。

言葉ではなく精神に直接語り掛ける。この場所に到着するまでの間、既に二人はずっと、そうやって会話を交わしていたのだ。

今から十数分前、マヤによって進次郎が救出され、時空トンネルへ向かう道中、諸星の問いにマヤはずっと無言だった。代わりに進次郎がマヤと一芝居打った経緯を語り、まるで他人ごとみたいだと次郎が突っ込みを入れていた。

その時、諸星は考えていた。マヤと進次郎の行動が甘すぎると。

「確かに、そうね」

諸星の心に直接、マヤが語り掛けた。

「でも信じてた。きっと、こうなるって」

マヤは工作員として上海のダイブハンガーに置かれた仮設指令所に潜入したのち、ＺＥＲＯのデータ、諸星の記憶、そして進次郎の記憶を全て見た。

そしてマヤと別れた後の諸星がどう生きて来たのか、進次郎たちが諸星をどう感じているのか、全て知った。どれだけ諸星が孤独で、でも、どれだけ進次郎たちが諸星を信頼しているのかを。それは次郎も――次郎と共にあるＺＥＲＯも同じだと知った。

だからこそ、甘すぎる行動に出たのだ。必ず上手くいくと信じて。

雲霞の如く襲来するトガラメ星人とレギオノイドと戦いながらも、精神世界でマヤと諸星だけの会話は続いた。

「ごめんなさい。ダンのこと、心の弱い人間なんて言って」

「……気にするな。事実だ」

諸星はマヤと共に過ごした訓練施設での日々を思い返す。

復讐に囚われた孤独な心。癒してくれたのはマヤの存在だった。どんな時もふと気づくとマヤは側にいて、適度な距離感で諸星に寄り添ってくれた。まるで本当の兄妹のように。

頑なに他人を遠ざけて来た諸星もいつしか心の鎧を解き、マヤにだけは素直に本心を吐露した。誰にも見せることの無かった弱い自分を。

「僕こそ、すまなかった」

諸星は、マヤがずっと待ち続けていた両親が戻らないという連絡を受け、心が砕けそうな時、それを察することもなく冷たく突き放した。

「あれは……全部ウソ。元々、私に親なんて――」

「いや、いたんだ」

「……え？」

「君には愛する両親は確かにいた。だからずっと迎えが来るのを君は待っていた。その気持ちは嘘じゃない」

黙り込むマヤ。諸星は続ける。

「僕も心のどこかで、マヤ、君のことを待っていた気がする」

マヤの返事はない。暫くの沈黙が流れたのち、諸星が言った。

「君が生きていて……こうしてまた会えて、本当に良かった」

そして何とか追撃を躱してカプセル設置地点に到達した四人。脱出へのタイムリミットまで残り少ない。諸星は有無を言わせず進次郎をカプセルに押し込み、マヤとの会話を続ける。

「さあ、行くぞ」

「でも私、工作員として取り返しのつかないことを――」

後ずさるＬＯＰＳ＝マヤの手をＳＥＶＥＮ＝諸星が強く掴む。

「お前は利用されただけだ」

「でも……」

「過去のことは忘れろ。未来を生きよう。……僕と一緒に」

「……ダン」

ドカン！　轟音が二人の会話を断ち切り、四人の前に出現する超ド級巨大戦艦。

「……おいおい」

あまりに野暮な敵の出現に諸星がため息をつく。

同時に感じる。傍らに立つＺＥＲＯが発する強烈な怒りの感情を。

「……チュー吉……」

ＳＵＩＴの中の次郎もそれを感じ取り、戸惑っていた。

ＺＥＲＯに宿る戦士は、この巨大戦艦を知っている。いや、激しく憎んでいる。

その感情を理解し、諸星と次郎は同じことを思う。

どうやらこのバカでかい鉄の塊とは、きっちり決着をつけなければならないようだ。

カプセルの中の進次郎が内側からハッチを叩く。

「開けてください！　俺も戦います！」

だがそれは、取りも直さず帰還を諦めることを意味する。

かといって、怒り狂うムキシバラ星人が彼らの撤退を許すはずもない。

「跡形もなく消し飛べええええええ‼」

逡巡している余裕さえなかった。

ムキシバラ星人の怒号と同時に、岩鉄城の主砲が火を噴いた。それこそ発射の衝撃だけで人間は消し飛び跡形も残らないだろう。ＵＬＴＲＡＭＡＮ ＳＵＩＴを装着していても到底耐え得るものではない。

が、それをLOPSが防いだ。

胸のリアクターコアが開放され、直径一〇メートルはある円形の障壁が現出している。

その中心に、一抱えもある巨大な被帽付き徹甲弾が突き刺さっていた。

ディメンジョンストーム。かつて宇宙恐竜ゼットンを葬った無重力弾の原理を応用し、物体の運動エネルギーを瞬時に熱に転換して平面上に放射するパーソナルバリヤーシステムの一種だ。LOPSはそれを最大出力で展開していた。コアの冷却が追い付いていない。障壁自体の輻射熱でSUITの表面が融解し始めている。もし内部に人間がいたら一瞬で炭化していただろう。SUIT自体も長くは持たない。

「ダン！　早く行って！」

「マヤ……」

「大丈夫。約束は……守る」

その言葉に促され、SEVENとZEROは進次郎を収めたカプセルのグリップを掴む。そしてワイドショットを推進力に、頭上の時空侵徹トンネルへと飛び立った。

「逃すかあああああっ‼」

岩鉄城が砲口を上げる。しかし近すぎることが仇となった。照準が定まらず、砲撃ははるか後方のせり上がった地盤に大穴を開ける。穴の向こうに漆黒の宇宙が見えた。やはりここは人工天体の内側だったようだ。穴から急速に大気が吸い出される。その影響でトンネルの揺らぎが激しくなった。さらに岩鉄城の対空砲群が弾丸の雨を見舞い始める。

「ダン！」

カバーしようと、ＬＯＰＳが限界を超えてディメンジョンストームの出力を上げる。

次の瞬間、ＬＯＰＳは火花を上げて爆散した。負荷に耐えられなかったのだ。

「マヤッ！」

諸星の叫びと、彼らがカプセルと共に時空侵徹トンネルへ飛び込んだのが同時だった。

「なめるなゴミカスが‼」

後を追う岩鉄城が、跳躍した。鋼鉄の脚を屈伸させ、一五万トンはあろうかという巨体を、揺らぎ消えかけているトンネルに無理やりねじ込んだ。タイムリミットを迎え、遂にトンネルが崩壊する。はみ出した岩鉄城の巨大な脚が切断され、轟音を立てて落下した。穴の開いた人工天体も構造の均衡を失い、自壊を始める。数万のトガラメ星人とレギオノイドを抱えたまま、やがてその天体は希薄なガスと細かな塵と化し、果てしなく拡散して消え去った。

「帰還予定点の論理座標が虚数解を示しています！」

「波動が収縮しません！　振幅増大中、二千、三千、まだ拡がっています！」

「グランドームから半径一〇キロの海域を封鎖、船舶も航空機も一切入れるな！」

「プラットホームにいる職員を全員退去させろ！」

上海のダイブハンガー仮設指令所と東京の科特隊本部は大わらわだった。

ＨＲ‐１ハイドランジャーが維持していた時空侵徹トンネルがタイムリミット直前にオーバーフローを起こして座標系が反転、半球型の時空界面の内側と外側が入れ替わってしまったのだ。つまり、帰還者がどこに出現するのかわからない。空中ならまだいいが、海中や壁の中だったら即死だ。額の汗を拭うのも忘れて井手は報告への対応と指示に忙殺されていた。

「収縮します！　座標特定、予定ポイントから北東約四キロの海上、プラス一五〇！」

カメラのひとつが、空気を電離させて出現する巨大な影を捕えた。

「なんだ……これは？」

井手と早田が呆然とスクリーンを見つめる。

高々と水柱を上げて着水したそれは、まさに戦艦だった。その砲口に閃光が閃き、遅れて遠雷のような音が低く響いた。発砲したのだ。砲弾はダイブハンガーを飛び越えて対岸にある再建中の市街地を数ブロック吹き飛ばし、土煙を上げた。

「封鎖範囲を半径五〇キロに拡大！　湾岸再開発区画に緊急避難命令を――」

我に返ってまくし立てる井手の指示は、割り込んできたコール音により遮られた。

『こちら諸星。現在敵性大型機動兵器と交戦中』

戦艦の甲板上に、強行突入装備の黒いSEVEN SUITの姿があった。SC仕様のZERO SUITも健在だ。早田が井手からひったくったタブレットに叫ぶ。

「進次郎は⁉」

『……父さん』

死んだものと思っていた息子の声に、早田は言葉もなくその場でくずおれた。

祝福も謝罪も後回しだ。

友の肩を支えつつ、井手は最低限の状況把握に努め、各部門にてきぱきと指示を出した。

現在優先すべきは、この馬鹿げた巨大戦艦《岩鉄城》とやらの撃退である。


「何でもいい、武器をくれ。もうこっちには――」

「へいお待ち！」

諸星の要請を遮ったのは、両腕にメタリウムハンマーを装備し降下したＡＣＥＳＵＩＴの北斗だった。ダイブハンガーからジャンプしてきたのだ。Ｌ型兵装コンテナを両手に提げている。フルチャージされたワイドショットとＥＸライフル、スペシウムソード、ゼロランス、エネルギーパックが満載されていた。

カプセルから這い出た進次郎を、北斗がまじまじと見る。

「よく生きてましたね。命、二つ持ってるんですか？」

「オマエなあ……」

いつもながら北斗の冗談は笑えない。

「止めましょう、こいつを」

ランスとワイドショットを手に、ＺＥＲＯが敢然と立ち上がる。

次郎は理解していた。このＳＵＩＴに宿る意思、ＺＥＲＯが故郷の星を滅ぼされた時、愛する家族を奪ったのはムキシバラ星人が操縦するこの岩鉄城だったことを。

残忍に、無慈悲に、岩鉄城は全てを踏み潰し、焼き払った。

「これ以上、何も奪わせはしない‼」

四人のＵＬＴＲＡＭＡＮが、各々の最大火力をもって岩鉄城に挑む。そもそもこの戦艦は対人兵器ではない。巨大な砲塔も無数の高射砲も、自らの甲板上に侵入を許した敵を狙うことは不可能だ。しかし発砲の衝撃は殺人的であり、砲弾の破壊力は絶大である。建設中のダイブハンガーなど、掠めただけで吹き飛ぶだろう。そこには今も大勢の職員や作業員たちがいる。

そして故郷で帰りを待つ家族たちも。

――奪わせはしない！

大木のような砲身を断ち割り、砲座を叩き潰し、給弾装置を破壊する。

探知装置を灼き、鉄扉を貫き、まっしぐらに艦の心臓たる機関部を目指す。

今のＺＥＲＯを動かしているのは、怒りだけではなかった。守りたいという強い意志。

次郎との出会いと交流を経て、ＺＥＲＯの心には変化が生まれていた。

独断ではなく、諸星や進次郎、北斗と連携し、岩鉄城と戦うＺＥＲＯと次郎。

そんな彼らを、約四キロ先のダイブハンガーの病室から見つめる目があった。

マヤである。


ＬＯＰＳが爆散する直前、マヤは切り離しておいた意識の一部へ、思考の主体を移していた。この場所から極寒の惑星に待機させておいたＬＯＰＳを目覚めさせたのとちょうど逆だ。

病室で彼女が目を開いた時、周囲は騒然としており、病室で眠る捕虜に注意を払う者は誰もいなかった。どうやら戦闘が始まっているようだ。

マヤはベッドの上に身を起こすと、裸足の両脚を床に降ろす。

ひやりと冷たい感触が足の裏から伝わった。

――生きてる。

マヤはかりそめの肉体に命を感じる。

訓練施設襲撃の夜、ムキシバラ星人の元に連れ戻されたマヤは自分の本当の姿を知った。

いや、姿はなかった。電子生命体に改造されたマヤは肉体というものを失っていた。任務に応じて侵略対象惑星の生命体と同じ疑似肉体を与えられ、偽りの記憶を元に着実に淡々と任務をこなしてきた。いつしか訓練施設での記憶も薄れ、肉体に対する特別な感情も消えた。

——でも、今は……。

今回の任務で諸星弾と再会し、マヤはかつての記憶と共に失っていた感情を思い出した。

最初は疑似記憶に障害が生じたのかと戸惑った。任務遂行の妨げになるのではと恐れを抱いた。だがそれに従い理解不能の現象が起きた。ただ忠実にムキシバラ星人の命令にだけ従っていたマヤが、命令以外の行動をしたいという衝動に駆られたのだ。

そして自分の判断で諸星の記憶を読み、知ったのだ。

本当の自分が誰だったかということを。

そのことが更にマヤを混乱させた。特に諸星を前にすると胸の鼓動が早まるのを感じた。自分の正体を知られてしまうのではないか。だが一番マヤを混乱させたのは、バレてしまってもいい、むしろ知ってほしい。自分が諸星と訓練施設で共に過ごし、離れ離れになってしまった本物のマヤだということを。

無論それは重大な背任行為でありマヤの気持ちをムキシバラ星人に知られれば処刑されるのは間違いなかった。だからこそマヤは決断したのだ。

今のこの感情に真っすぐに従おうと。

窓辺に立つと、暗闇に包まれた海上で炎に包まれ闇雲に対空砲を連射する岩鉄城のシルエットが見えた。今も諸星はあの場所で戦っているはずだ。

「過去のことは忘れろ。未来を生きよう。……僕と一緒に」

諸星はマヤにそう言ってくれた。

心が揺らいだ。そのまま諸星の胸に飛び込みたい感情を必死に抑えた。

何故ならマヤには、それが絶対かなわないと分かっていたから。

窓外の岩鉄城に、ひときわ大きな爆炎が上がった。


次郎たちは遂に機関部に到達し、巨大な高圧缶とタービンを破壊した。煙突と言わず砲塔と言わず、巨大な炎と黒煙が立ち上り、甲板が傾いてゆく。海上に突き出る、かつて上海を彩る摩天楼の一部だった鉄骨の上に立ち、諸星達四人は沈みゆく岩鉄城の断末魔を見守っていた。

その檣楼で、業火に焼かれ立ち上がる力すらついえたムキシバラ星人が呻く。

「こうなれば……道連れだ。偉大なる……様に、え、栄光あれ‼」

わずかに燃え残った爪の先で、何かのスイッチを入れる。

直後、へし折れた柱がその骸を押し潰した。

「⁉」

ムキシバラ星人の死を直感したマヤが病室の機材に手を触れ、ネットワークに電子の指を伸ばす。

──やっぱり、

マヤが確認したのは、プラットホームの片隅にブルーシートをかけ放置されているもの、最初に彼女が乗ってきた小型円盤の制御システムだった。自爆装置が起動している。奴隷の造反に備えて仕掛けられた、保険と呼ぶにはあまりにも強力なマゼラニウム爆弾。爆発時に発せられる放射線は、炭素系生物の精神を生かしたまま肉体を破壊する。マゼラン星人を絶滅させ、精神だけの電子生命体に貶めた禁断の無差別殺戮兵器だ。地球人はもちろん、ごく近い身体構造を持つ諸星も例外ではない。

爆弾の起動に気付いている者は自分ひとり。

そしてそれを止める方法を知っている者も。

一緒にこの星で生きようと言ってくれた諸星の言葉が再び脳裏をかすめる。

だがその思いを振り切り、マヤは静かに病室を出た。


鉄骨の上から岩鉄城の轟沈を見届けた諸星が、ふとダイブハンガーを振り返る。と、弾かれたように走り出した。海面に点在する僅かな足場を蹴り、脱兎のごとく。

「え？　諸星さん！　ちょっと！」

北斗の驚く声が背後に聞こえる。当然だ。検疫や科特隊本部への報告など、現場の最先任としてやるべきことがある。だが足を止める気はなかった。

プラットホーム上に、マヤの姿を認めたのだ。彼女が生きていることは確信していた。報告が終われば真っ先に病室へ向かうと決めていた。待っていてくれると思っていた。

――何をする気だ、マヤ⁉

猛烈に嫌な予感が、諸星の胸に広がりつつあった。

「……やっぱり」

円盤のコクピットに乗り込んだマヤは、点検リッドを開き確認する。

爆弾本体は厳重に封印され、ご丁寧に次元シールドまで施してあった。マヤの電子の指も、次元シールドを貫くことは出来ない。そしてムキシバラ星人が自爆装置のスイッチを入れた時点で、円盤を制御する電装系も残らず焼き切られていた。電子生命体の裏切りに備えての防護策なのだから当然だ。飛ばすには申し訳程度の予備システムである機械式のアナログ操縦装置に頼らざるをえない。

怒りでどんなに頭に血が上っていても、こういうところの用心には余念がない。ムキシバラ星人の粘着質な性格にマヤは思わず微笑む。

「どこまでも、クズ……」

マヤはそう吐き捨てると、操縦席へと身を沈め、操縦桿を握ってスターターを回す。

爆破まで、残り3分を切っていた。

「さよなら……ダン」

万感の思いを込めてマヤは呟き、小型円盤を発進させた。

「……！」

プラットホームまであと一歩というところで、マヤの円盤が頭上をかすめるように夜空へと飛び去って行った。まるで諸星に最後の別れを告げるように。

「……どうして」

飛び去る円盤を見つめ、茫然と諸星が立ち尽くす。

「どうして、待っていてくれなかったんだ。今度こそ一緒に生きようと……約束したじゃないか」

――わかっていた。宿命から逃れられないことは。

円盤を操縦しながらマヤは思う。

でも一瞬でもマヤは昔の自分に戻れた。諸星と一緒に未来を夢見た、あの時に。

――後悔はない。

ペリスコープの奥で、プラットホームが小さくなってゆく。あそこに諸星はいただろうか？　飛び去る自分の姿を見てくれたのか？　だとしたら……

何を考えているんだろう。まだ自分の中に未練があることを知り、マヤは戸惑う。もう覚悟を決めたのだ。二度と諸星に会うことはない。今度こそ本当の別れなのだ。

『――マヤ』

幻聴だろうか？　諸星の声がすぐ近くで響いた。

『行くな、マヤ。戻るんだ』

間違いない。諸星が自分に呼び掛けている。でも、どうやって？

この肉体では、精神による会話も不可能なはずなのに。

「何やってるんです諸星さん！」

マヤが去ったプラットホームに立ち尽くす諸星が振り向くと、飛翔能力を持つ進次郎の肩を借り、次郎がそこに浮かんでいた。遅れて北斗も跳躍してくる。

「……薩摩？」

「追いかけるんですよ！　今すぐ！」

と、満タンのワイドショットを投げてよこす。

「クラスターロケットといきましょう」

北斗がメタリウムハンマーのノズルを吹かして見せる。

「マヤさんは、俺にとっても恩人なんです！」

進次郎がもう一方の腕を差し出した。迷いはない。自分の命を救ってくれたマヤを救う。彼女が諸星にとって掛け替えのない存在だと知っていたから。

スクラムを組み、四人は最大加速で上昇した。

だが円盤との距離は縮まない。

「何とか……ならないのか！」

呻く次郎に、ＺＥＲＯが囁いた。

『次郎、ゼロスラッガーを投げろ。俺が繋ぐ』

裂帛の気合いと共に投擲したスラッガーは、狙いたがわずマヤの円盤に突き刺さり、かくして両者の間に通信回線が開かれた。


『マヤ！』

また諸星の声が狭い操縦席に響く。

『マヤ。約束しただろ。もう一度、一緒に未来を生きると』

船体に直接響くその声を聞くと、自然と涙があふれる。涙が止まらない。——

生きたい。ダンとの約束を守りたい。

でも、それは叶わぬ願いだ。

「……ごめんなさい」

マヤは絞り出すように言うと、ムキシバラ星人が仕掛けた最後の罠のことを打ち明けた。

爆破を停止させることも、外部から円盤を操ることも出来ない。無論脱出装置など備わっておらず、器となるLOPSも既に失われている。滅亡を回避する手段はただ一つ、自分自身で円盤に乗り込んで大気圏外まで上昇し、ヴァン・アレン帯の外で自爆するしかないのだと。

「爆発に巻き込まれるわ。もう来ないで」

高度五万メートル。円盤との差がさらに開く。

「これが私の罪滅ぼし。私の運命……」

『諦めるな。運命なんか、変えればいい』

諸星の声に、マヤははっとなる。

――生きたい。やっぱり私は……ダンと一緒に、生きたい！

高度八万メートル。円盤ははるか先、もう追いつける見込みはなかった。

既に大気はほとんどない。宇宙空間といってよい領域だった。ＵＬＴＲＡＭＡＮ ＳＵＩＴをもってしても、帰還可能限界ぎりぎりである。

無言で前方を見つめる四人の視界に、青白い光の円が広がり、そして消えた。

ＳＥＶＥＮは最後までその手を伸ばしていた。

マヤの手を握り、連れ帰ろうとでもするように。

二週間後、宇宙ステーションＶ２が回収したゼロスラッガーが科特隊本部に届けられた。

高熱で融け、再び冷えたスラッガーは、青い涙滴型に結晶化していた。


後日、ダイブハンガーの建設が再開される。

作業用クレーンには薩摩次郎とアンナの姿があった。

『次郎』

不意に無線でアンナが話しかける。

「何だよ？」

『まだ、言ってなかったから』

最後に次郎と別れた時からずっとアンナは心に決めていた。もし約束通り次郎が生きて帰ってきたら、自分の本当の気持ちを伝えようと。

だが次郎がミッションから帰還してから今日まで、なかなかそのタイミングがつかめず、今こうして無線越しに伝えようとしていた。

「何だよ？　言ってなかったことって？」

『えっと……実は、ずっと前から……』

やや恥ずかしそうにアンナが口ごもった時、

「ああ。わかった。お前も科特隊に入りたいんだな」

『いや、ちげーよ』

「誤魔化すな。俺ばっか活躍してんのが悔しいんだな。アンナらしいぜ」

『何が私らしいだよ！　何も知らないくせに！』

無線からアンナの怒声が聞こえた直後、真横からクレーンのアームが猛スピードで迫って来た。まさかそのまま殴りつける気か!?

「おい、バカ！　よせ！」

ピタリ。次郎の乗る操縦席ギリギリで巨大アームが止まった。

「……死ぬかと思っただろ」

『死ね！　次こそ死んで戻ってくんな！』

「何怒ってんだ！　俺が何したよ！」

『うるさい！　このウルトラ鈍感男！』


「ほんと、仲いいですね、この二人」

仮設指令所から二人のやり取りを聞いていた北斗が呆れ顔で言う。

「てか、普通気づくでしょ。ここと の通信、繋がりっぱなしだって」

「そういう抜けたとこも含めて、大物なんだよ」

進次郎は楽しげに言う。

「だからZEROは、あの人を選んだ」

「そういうものですか？　あれ？　ところで諸星さんは？」


一人慰霊碑の前に立つ諸星。

ガタノゾーア事件で失われた多くの命。そこにマヤの名前が刻まれた。マヤが大好きだったユリの花を供える諸星の耳に「ありがとう」と声が聞こえた。

——幻聴か？　いや、違う。

精神に直接響くこの声……。

振り向く諸星の前にZERO SUITが立っていた。中に薩摩次郎はいない。無人だ。

だが——、チュー吉＝ZEROに宿る戦士が、諸星のインカムに語り掛けてきた。

『彼女は肉体を失ったが、こうして〝心〟は生きている。俺と共に、ここにいる』

諸星は瞬時に理解する。宇宙船が爆発する寸前、マヤは円盤に突き刺さったゼロスラッガーの結晶構造の中に思考主体を退避させていたのだ。ZEROは回収されたスラッガーからマヤの情報体をサルベージし、自身のシステム上に展開した。やがて目覚めたマヤは、長い時間をかけて自己修復を行ない、ZEROと共存する独立した機能領域を得るまでに回復した。

彼女は生き延びたのだ。

本来の姿である——電子生命体として。

マヤは諦めなかった。自らの意思で運命に逆らい、未来を掴んだ。最後まで伸ばしていた諸星の手をしっかり掴んだのだ。

『俺は眠る。二人でゆっくり話せ』

無骨な戦士はそう言うと、ZERO SUITをマヤに譲った。

装甲の可変波長透過吸収機能がボディカラーをブルーに変える。

ＬＩｂｅｒａｔｅｄ Ｍａｙａ。長きにわたる呪縛から解放された彼女のために。

「ダン。あなたに色々、話したいことがある」

「僕もだ」

さて何から話そうか。失われた日々を埋める時間は、たっぷりある。

その頃、時空を隔てた遥か遠くの宇宙。

大軍団を従え、また一つ惑星を滅ぼした破壊と暴虐の帝王のもとに報告が届く。

ムキシバラ星人の死。だが帝王はそんな名前は知らぬと言い放つ。そして配下の四天王に号令した。

地球という惑星を、わが支配下に治めよと。

あとがき

清水栄一先生、下口智裕先生が描く漫画『ＵＬＴＲＡＭＡＮ』の世界観をベースにしたＵＡＵ（ＵＬＴＲＡＭＡＮ ＳＵＩＴ ＡＮＯＴＨＥＲ ＵＮＩＶＥＲＳＥ）も遂に二冊目の刊行となりました。前回のＴＩＧＡ編はダイゴと進次郎の関わり、それぞれの葛藤と成長を中心に描かれましたが、今回のＺＥＲＯ編は、ゼロとその装着者となった青年、薩摩次郎！　更には諸星弾を中心に物語が展開します。

登場キャラクターや世界観に関するアイデア及び設定は、今回も二人三脚で連載小説を書いている谷崎あきら氏によるもので、谷崎氏の恐ろしくマニアックなウルトラ愛が前回以上に炸裂しております。

それに便乗する形で私も今回、ウルトラセブンで一番大好きなエピソード「盗まれたウルトラアイ」に登場した悲劇の宇宙人、マゼラン星人マヤをオマージュしたキャラと諸星との淡いロマンスなども描かせて貰いました。そしてＺＥＲＯやＳＥＶＥＮと敵対するキャラも、ＺＥＲＯの分身ともいえるＬＯＰＳ ＺＥＲＯを筆頭に、個性豊かな異星人たちが次々と襲い掛かり、最後にはやはりウルトラセブンに登場したあの巨大メカが超マニアックな姿で登場します。
とにもかくにも盛りだくさんの内容の小説が完成しました。そして現在、ホビージャパン誌上では、これまた超マニアックな番外編も連載中です。併せて楽しんで頂けたら幸いです。

二〇二一年六月　長谷川圭一

ULTRAMAN SUIT ANOTHER UNIVERSE Episode:ZERO

STAFF

ストーリー　長谷川圭一
設定協力　谷崎あきら
原作　『ULTRAMAN』清水栄一×下口智裕／円谷プロ
編集　遠藤彪太
アートディレクター　SOKURA（株式会社ビィピィ）
デザイン　株式会社ビィピィ
カバーイラスト　清水栄一×下口智裕
模型製作　只野☆慶
模型撮影　株式会社スタジオアール
協力　株式会社BANDAI SPIRITS ホビーディビジョン
株式会社ヒーローズ

2021年7月31日 初版発行

編集人　木村 学
発行人　松下大介
発行所　株式会社ホビージャパン
〒151-0053　東京都渋谷区代々木2-15-8
TEL 03（5304）7601（編集）
TEL 03（5304）9112（営業）

印刷所　大日本印刷株式会社

ISBN978-4-7986-2548-5 C0076

この作品は月刊ホビージャパン2020年8月号～2021年5月号掲載分に新規エピソードを加え、一部加筆修正を行ったものです。